Essa (não) é para você

Laura Nowlin

Essa (não) é para você

Tradução
Ana Beatriz Omuro

Rio de Janeiro, 2025

Copyright © 2016, 2025 by Laura Nowlin. First published by Sourcebooks. Todos os direitos reservados.

Copyright da tradução © 2024 by Ana Beatriz Omuro por Casa dos Livros Editora LTDA. Todos os direitos reservados.

Título original: *This Song Is (Not) For You*

Todos os direitos desta publicação são reservados à Casa dos Livros Editora LTDA. Nenhuma parte desta obra pode ser apropriada e estocada em sistema de banco de dados ou processo similar, em qualquer forma ou meio, seja eletrônico, de fotocópia, gravação etc., sem a permissão dos detentores do copyright.

Edição em português publicada mediante acordo com 5 Otter Literary Inc.

COPIDESQUE	Mariana Gomes
REVISÃO	Daniela Georgeto e Andréa Bruno
DESIGN DE CAPA	Osmane Garcia
PROJETO GRÁFICO E DIAGRAMAÇÃO	Abreu's System

Dados Internacionais de Catalogação na Publicação (CIP)
(Câmara Brasileira do Livro, SP, Brasil)

Nowlin, Laura
  Essa (não) é para você / Laura Nowlin ; tradução Ana Beatriz Omuro. – Rio de Janeiro : Pitaya, 2025.

  Título original: This song is (Not) for you.
  ISBN 978-65-83175-25-0

  1. Romance norte-americano I. Título.

25-247244   CDD-813.5

Índices para catálogo sistemático:

1. Romances : Literatura norte-americana   813.5

Eliete Marques da Silva – Bibliotecária – CRB-8/9380

Editora Pitaya é uma marca licenciada à Casa dos Livros Editora LTDA.
Todos os direitos reservados à Casa dos Livros Editora LTDA.

Rua da Quitanda, 86, sala 601A – Centro,
Rio de Janeiro/RJ – CEP 20091-005
Tel.: (21) 3175-1030
www.harpercollins.com.br

Era uma vez,
No começo da década de 2010,
Na cidade de St. Louis,
Em um bairro chamado Dutchtown,
Havia uma banda experimental chamada
The Icebergs.
E havia uma garota
Que era escritora
E esposa de um dos integrantes da banda,
E namorada de outro
(o que basicamente fazia dela uma integrante da banda).
E todo mundo amava todo mundo.
Shows foram feitos, um álbum foi gravado.
        O tempo passou, e ninguém se vendeu.
        Ninguém se separou ou se divorciou.
        Todo mundo ainda ama todo mundo.
    E de alguma forma todos se mudaram para o subúrbio.
A segunda edição deste livro ainda é dedicada a Rob Rosener, Austin Case e Brad Shumacher.

Ramona

Você já conheceu alguém e sentiu que essa pessoa seria importante na sua vida? É como se, sem saber disso, você tivesse passado a vida toda esperando para conhecê-la e então a reconhecesse com a mesma facilidade com que reconhece o próprio reflexo.
    Isso aconteceu comigo uma vez.

Quando Sam me contou o nome dele, dei risada. Era como se eu já devesse ter imaginado. Era como se ele já fosse meu Sam.
    — Desculpa — falei. — Não tô rindo de você.
    — Então tá rindo de quê? — perguntou ele.

Estávamos parados na escadaria do lado de fora do departamento de música. Um carinha bateu no ombro dele, mas Sam não reagiu. Quando ele fica interessado em alguma coisa, é como se o resto do mundo inteiro deixasse de existir.

— É só que eu tenho a sensação de que deveria ter esperado isso. Você tem cara de Sam. Faz sentido?

— Não — respondeu Sam, me lançando o primeiro sorriso torto. Nós dois estávamos no primeiro ano, e era o primeiro dia de aula.

— Meu nome é Ramona — me apresentei.

— Faz sentido — respondeu ele.

— Eu disse isso? — questiona Sam.

Ele olha para a guitarra e faz uma careta. Está trocando a corda Si, então tenho apenas um oitavo da atenção dele.

— É, foi como se a gente já soubesse o nome um do outro ou coisa do tipo. — Depois, mais baixinho, porque não sei se quero que ele ouça ou não, acrescento: — Ou sentisse o nome um do outro.

Sam continua fazendo careta para a guitarra. Com os pés, começo uma batida impaciente de seis oitavos no chão da garagem.

— Vai logo — reclamo. — Nanami tá esperando a gente.

Nanami é a maior e única fã de nossa banda. Sempre que postamos um vídeo novo em nosso perfil na internet, ela comenta logo no dia seguinte. Quando April and the Rain for uma banda superfamosa, ainda vamos tocar no Japão em uma turnê e conhecê-la pessoalmente — e ela vai ficar extasiada.

Enfim.

Paro de batucar o chão e passo para o tênis de Sam. Ele não reage.

— E aí, a gente vai pular o ensaio da banda amanhã? — pergunto.

— Por que a gente faria isso?

Ele finalmente ergue o rosto para mim e, quando o vejo, sinto um tremor familiar no peito. Sam tem olhos castanhos e sonolentos emoldurados por longos cílios pretos.

— Porque a gente vai pra Artibus amanhã, esqueceu?

— Não, mas não vejo motivo pra gente pular o ensaio. Pelo contrário, é mais um motivo pra gente querer ensaiar mais.

Sam e eu passamos anos sonhando em escapar da Escola Preparatória de Saint Joseph para o campus da Faculdade de Música e Artes de Artibus. Caso você não saiba, o ensino médio é uma droga. Principalmente nossa escola, porque é cheia de riquinhos — e a única coisa pior do que gente pretensiosa é gente pretensiosa com dinheiro. Sam e eu não passamos muito tempo com outras pessoas.

Estamos prestes a começar o último ano, finalmente. O verão está quase acabando, mas primeiro temos a avaliação de admissão amanhã. As aulas vão começar e, antes que possamos nos dar conta, estaremos nos candidatando para uma vaga nas férias de inverno. O fim está à vista no horizonte.

— Quase pronto — diz Sam.

Acelero as batucadas no pé dele.

— Ai! Ok, tô pronto! Jesus, mulher.

— Você sabe que me ama — falo.

— É, é — reclama ele, mas me dá aquele sorriso torto, e eu sei que é verdade.

Só queria que fosse um tipo diferente de amor.

Bastaram apenas dois dias de amizade com Sam para montarmos a banda. Em um mês, ele se tornou o melhor amigo que eu já havia tido. Depois de um mês e meio, eu sabia que estava muito a fim dele, mas achei que iria superar isso. Não ia colocar a banda em risco por causa de uma paixonite.

Quando April and the Rain fez seu primeiro aniversário, tive que admitir que estava apaixonada por Sam. Estávamos no segundo ano do ensino médio, tínhamos criado um site e dito para nossos colegas insuportáveis que não, não estávamos namorando.

Fomos para o quarto dele e postamos o vídeo desta semana. Ontem, Sam pensou em um riff arrasador, e hoje nós o tocamos com vários tempos diferentes, então consegui fazer uns truques bem legais com minha bateria. Nanami vai adorar.

— A gente precisa continuar ensaiando essa música — diz Sam. — Queria mais uma pessoa pra complementar, talvez fazer um trabalho vocal.

Sam vive dizendo isso, mas não acho que esse raio vá cair de novo no mesmo lugar. Tivemos sorte o bastante de encontrarmos um ao outro.

Sam

Ramona caiu no sono em vinte e cinco minutos de viagem. Sabia que ela ia dormir. Sempre dorme quando tem que passar mais de vinte minutos em um carro, e Artibus fica a uma hora de St. Louis.

Ela estava de boca aberta, fazendo uma careta, como se estivesse sonhando com algo que a tira do sério, tipo dubstep.

Estava fofa, mas tentei ignorar isso, criei essa regra. Aumentei o volume do rádio.

— Não — grunhiu ela.

— A gente tá quase chegando — falei. — Você vai causar uma ótima impressão em Artibus com essa baba seca na cara.

Ramona esfregou a boca com o dorso da mão e ergueu o tronco, endireitando a postura.

— Quanto falta pra chegar?

— Estamos na fronteira da cidade. Dá tempo de comer.

— Beleza. Vamos encontrar uma lanchonete meia-boca que possa ser nosso cantinho ano que vem. A gente vai aparecer tanto por lá que as garçonetes vão saber nosso nome.

Dei risada. Esse tipo de coisa é a cara de Ramona.

— Ok — falei. — Me avisa quando achar esse lugar.

E, depois de um tempo, achamos mesmo uma lanchonete de aparência apropriada. O prédio era baixo e recuado da beira da estrada. Havia um caminhão no estacionamento e umas flores meio murchas em um vaso ao lado da porta. O apóstrofo e a letra *S* na placa de neon estavam queimados.

— Ali! — Ramona apontou pela janela. — Wanda Diner.

— Wanda's Diner.

— Não é isso que diz a placa!

Revirei os olhos e entrei no estacionamento.

É sempre assim com Ramona. Ela bota uma coisa na cabeça e faz acontecer. Foi assim com April and the Rain. Certa tarde, no começo do primeiro ano, estávamos do lado de fora da Saint Joe's vendo todos os carros irem embora, quando ela anunciou:

— A gente vai montar uma banda.

— O quê? — perguntei.

Ainda me impressionava que aquela garota bonita estivesse passando tempo comigo. Só tínhamos uma aula juntos, mas ela sempre parecia me encontrar nos corredores e, naquele dia no refeitório, tinha se sentado ao meu lado e começado a explicar a influência do movimento *riot grrrl* no Nirvana. Mais tarde, na hora do almoço, descobri que ela estudava na Saint Joe's como filha de funcionário. O pai dela era professor da turma de inglês avançado e a mãe dela tinha morrido. Mas ela falou bem menos sobre eles do que sobre Kurt Cobain.

— Uma banda — disse Ramona. — Você e eu. Você vai liderar com qualquer instrumento de corda que quiser. Eu vou tocar bateria. Sou muito boa.

— Talvez eu não seja tão bom assim — falei. — Como é que fica isso?

— Você vai ser ótimo — garantiu ela. — A gente deveria começar hoje à noite. Posso ir na sua casa, né?

— Oi, Janet — disse Ramona para a garçonete que veio à nossa mesa. Janet deu uma olhada no próprio crachá e nos lançou um olhar cético por cima do bloquinho de notas. — E aí, qual é a boa de hoje?

— O chili é ok — respondeu Janet. — Mas é assim todo dia.

— Meu nome é Ramona — falou, se apresentando. — E este é o meu amigo Sam. Você vai ver muito a gente.

— Acho que vamos precisar de um minutinho — falei.

Janet deu de ombros e saiu andando.

— Bom, acho que ela vai se lembrar de você — comentei.

— Já é um começo — disse Ramona.

Ela sorriu para mim, e tive que olhar para o cardápio.

Tom

Artibus até que é ok. Força um pouco a barra para parecer uma faculdade particular pitoresca. A grama e as árvores têm aquele jeitão traumatizado de fertilizante em excesso com aparo e podas regulares, e as calçadas são tão brancas que chega a ser perturbador.

Cheguei cedo e estou esperando no carro há vinte minutos. Está úmido demais para ficar do lado de fora por um segundo sequer. Estou ouvindo Autechre, o que ajuda.

Sara odiava Autechre.

— Essa música é bizarra — dizia ela. — É Autechre, né?

Mas agora estou lembrando o quanto Sara odiava a banda, então aperto o botão de pular a música. Nils Petter Molvaer. Sara detestava Molvaer.

Sara gostava de alguns bons artistas, como Animal Collective. Ela também curtia umas músicas bem ruins, mas a maioria das pessoas curte. E ela gostava do fato de eu ser músico. Ela era doce e determinada a mudar o mundo. Era disso que eu mais gostava nela.

Ainda é o que eu mais gosto nela. Ela não morreu, só terminou comigo. Continua por aí ouvindo música boa e ruim sem entender a diferença, provavelmente mudando de faixa se alguma coisa que eu mostrei para ela começa a tocar no modo aleatório.

Um cara na calçada faz uma careta para o meu carro. Ele também não gosta de Molvaer. Ou talvez seja só o meu carro. É parte de um projeto de arte a longo prazo que eu chamo de *Glitter em Lugares Estranhos*, ou GeLE, para abreviar. O objetivo é influenciar a percepção da sociedade sobre o glitter por meio da introdução de melhorias com purpurina a itens ou situações que normalmente não são brilhosos. Eu costumava sair com Sara para espalhar glitter por aí.

Tiro as chaves da ignição.

É fácil encontrar o departamento de música: é o maior prédio do campus. Está tão quente aqui fora que abrir a porta é como abrir uma geladeira e entrar nela. Há uma placa bem na frente — avaliações de admissão — e uma pequena seta que aponta para a esquerda. Aparentemente, alguém teve receio de que todo mundo fosse se perder e vagar por aí, incomodando os alunos de verdade, porque não preciso caminhar muito até encontrar outra placa indicando a direção na qual eu já estava indo. Uma terceira placa me conduz a uma escadaria. "Sótão", acrescentou a pessoa preocupada com uma caneta.

Há um pequeno hall com cadeiras dobráveis. Uma mulher, que deve ser mãe de um aluno, está lendo um livro ao lado da porta. Um cara e uma garota da minha idade estão sentados no canto, sussurrando um para o outro. O cara está com um estojo de guitarra, mas a garota não tem um instrumento. Deve ser a namorada empolgada que apoia os sonhos dele. Eu me jogo em uma cadeira longe de todos e fecho os olhos.

Volto a abri-los quando ouço a porta se abrir. Uma garota sai da sala carregando um estojo de violino e mordendo o lábio. A mulher fica de pé e coloca o braço ao redor dela. As duas sussurram entre si enquanto sobem as escadas.

— Ramona Andrews? — chama um homem parado à porta, com uma prancheta nas mãos.

A outra garota pula, como se tivesse passado a vida toda esperando que aquele homem a chamasse. Eles desaparecem juntos na sala de avaliação. O cara e eu estamos sozinhos agora, mas ele está examinando os cadarços como se guardassem o segredo de tudo, então duvido que vá ser um incômodo. Encosto a cabeça na parede e fecho os olhos outra vez.

———

A verdade é que, quando conheci Sara, não pensei que fosse gostar dela. Ela é meio animada, e em geral não gosto de pessoas animadas porque não são animadas de verdade — é tudo mentira. Mas Sara era mesmo daquele jeito. *É* mesmo daquele jeito.

Nós nos conhecemos, entre todos os lugares idiotas onde as pessoas podem se conhecer, em um shopping. Cometi o erro de pensar que meus tênis eram minha propriedade e que podia fazer com eles o que bem entendesse. Tinha escrito a palavra "Darfur" várias e várias vezes no pé esquerdo e "Auschwitz" no direito. Então diagramei e imprimi cinquenta cópias do meu próprio panfleto informativo de quatro por quatro intitulado "Darfur e outros holocaustos sobre os quais você talvez não saiba!" para entregar a qualquer pessoa que perguntasse sobre os meus tênis. Era minha primeira peça de artivismo (combinação de arte e ativismo) e eu estava muito empolgado.

Minha mãe tinha implorado, com lágrimas nos olhos, que eu comprasse tênis novos no dia seguinte (*no dia seguinte*), ou ela perderia a fé em tudo o que era bom. (Ao longo de outras discussões, firmamos um acordo de que eu poderia usar meus sapatos artivistas em público em meu tempo livre, mas não na escola.) Isso foi em uma noite de sexta-feira. Na manhã de sábado (isso mesmo, manhã), dirigi até o shopping. E prometi a mim mesmo que compraria o primeiro par de sapatos que não odiasse.

Eu estava encarando um paredão de sapatos quando uma garota com um sorriso e um crachá veio até mim.

— Posso ajudá-lo? — perguntou a garota.

E ela era bonita (*é* bonita), mas já conheci muitas garotas bonitas, ou pelo menos o suficiente para ficar desconfiado. Falei que meio que gostava de um certo par, mas não muito, e o rosto dela se iluminou.

— A gente tem esse numa cor mais escura!

Dava para ver que ela ficou muito satisfeita. Então eu disse que tudo bem, e ela saiu correndo como se estivesse em uma missão. Quando voltou, fiquei surpreso ao perceber que eu estava sem graça de tirar os sapatos na frente dela. Calcei os tênis e, é, não os odiei.

— Ok — falei.

— Sério? — Ela estava tão entusiasmada, e parecia sincera.

Sara continuou animada enquanto passava a compra no caixa. Lembro de pensar que nunca tinha conhecido alguém capaz de ser tão genuíno assim com um estranho.

(Posso ter um certo preconceito contra as pessoas. Percebi isso a meu respeito depois de já estar namorando Sara havia um tempo.)

— Aliás, gostei dos seus tênis velhos. Tem muita gente que não sabe sobre Darfur, ou mesmo o que aconteceu na Bósnia — comentou ela.

Ouço a porta se abrir. A garota volta para o corredor. O cara que encarava o cadarço se levanta. Ela sorri para ele e os dois dão um high-five. O professor de antes chama

Samuel Peterson, e os dois dão um high-five outra vez. É tão bobo que só pode ser um momento realmente incrível para o casal. O cara e o professor entram na sala. Quando a porta se fecha, a garota se vira para mim como se uma conversa entre nós fosse inevitável.

— Oi — cumprimenta ela. — Gostei do que você fez com os seus tênis.

— Valeu — respondo. — Tenho um panfleto.

Ela se levanta e se senta a um assento de distância de mim. Eu lhe entrego o panfleto e ela o examina por um momento.

— Acho que não tô muito atualizada sobre genocídios globais. Com certeza vou ler isso — diz ela. Então estica as pernas diante de si e balança os dedos dos pés dentro das sandálias. O esmalte do dedão é um arco-íris lascado. — Fiz audição de piano.

— Eu vou ser avaliado pra um bacharelado geral em música — respondo sem perceber. — Aqui não tem um curso pro que eu faço de verdade.

— Ah, é? Como eles vão te avaliar? Você tá nervoso? *O que* você *faz*? Eu toco bateria!

Essa garota precisa de orelhas de duende.

Gosto do cabelo dela, e tenho quase certeza de que ela mesma o cortou. Cresce da cabeça em tufos e feixes que ninguém poderia ter planejado.

— Vão me fazer tocar alguns acordes no piano — explico. — Ler algumas partituras, mostrar um pouco de habilidade vocal. Provar que sou competente em música de um modo geral, eu acho.

Ramona

Sabe esses garotos que passam o tempo todo tentando cultivar uma imagem de menino triste e incompreendido, meio emo? Tipo, cabelo bagunçado e muitos suspiros? Todos querem se parecer com esse cara. Mas ele não está fingindo nada. É genuína e pateticamente deprimido. Isso irradia dele. Vou fazê-lo sorrir pelo menos uma vez. Passo para outra cadeira, assim posso ficar bem do lado dele.

— Mas o que você toca? — pergunto. — E por que tá se candidatando pra Artibus se aqui não tem um curso pra você?

O cara dá de ombros e resmunga.

— O quê? — insisto.

— Eu toco noise — responde ele.

— Noise?

Esse cara é mais hardcore do que eu imaginava.

— É. Você já deve ter ouvido falar de uma banda chamada Sonic Youth — diz ele. — Fazem um tipo de rock que...

— Eu sei o que é noise rock — interrompo. Estou irritada e deixo isso transparecer na voz. — Prurient. Merzbow. Puce Mary. Só fiquei surpresa.

— Ah. Desculpa.

Decido deixar para lá. Também o tinha subestimado.

— Bom, legal — falo. — Você tem uma banda?

O cara faz que não com a cabeça, depois dá de ombros.

— Na verdade, você é a primeira pessoa que eu conheço que já tinha ouvido falar de Merzbow.

— Minha escola também é uma droga — digo. — Sam é o único cara na Saint Joe's que sabe alguma coisa de verdade sobre música.

— Vocês estudam na Escola Preparatória de Saint Joseph?

A expressão dele muda. Com certeza não é um sorriso.

— Não por vontade própria. Meu nome é Ramona, aliás.

— O meu é Tom. Sam é seu namorado?

— Não — respondo. — Somos amigos e colegas de banda.

— Mas foi ele que acabou de entrar? — pergunta Tom, apontando para a porta com a cabeça.

— Isso. Ele toca guitarra.

— De que tipo?

— Todos.

— Todos?

Finalmente Tom abre um sorrisinho. Mais ou menos. Decido que não conta. De repente, sinto muita, muita, muita vontade de ver esse cara sorrir. Sorrir de verdade.

— Tudo que é instrumento de corda — explico. — Ele toca baixo e violão de doze cordas, e tem até uma cítara.

— Ah, legal.

— E um violão ressonador. Enfim, nossa banda se chama April and the Rain.

— Um de vocês é April e o outro é Rain?

Fico surpresa por ele me fazer rir primeiro.

— O nome remete à primavera, a recomeços e coisa do tipo. A chuva precisa vir antes.

Ele assente.

— Curti isso.

Eu me sinto sorrir outra vez.

Sam

Entrei em transe outra vez enquanto estava tocando. Não, "transe" soa sério demais. É mais como se eu tivesse continuado a tocar, mas também tivesse esquecido que estava tocando e só ouvisse a música sem pensar em nada de fato. E aí lembrei que a música vinha da guitarra que eu estava tocando, mas felizmente foi perto do final.

Havia cinco adultos atrás de uma mesa enorme. Levaram um tempo para se certificar de que pareciam oficiais e frios. Depois que terminei, olhei para eles e todos acenaram com a cabeça.

— Obrigada, sr. Peterson — disse uma mulher com uma voz firme e confiante.

Retribuí o cumprimento e abri o estojo da guitarra. Os adultos já haviam terminado de fazer anotações. Estavam simplesmente me observando. Foi um pouco perturbador. Eu não sabia como tinha me saído.

— Então acabamos? Posso ir? — perguntei, apontando para a porta com a cabeça.

— Sim. Obrigada, sr. Peterson — repetiu a mulher.

Quando me aproximei da porta fechada, ouvi a voz de Ramona do outro lado.

— Na-na-ni-na-não — dizia ela. — Prog rock *não* morreu!

Quando abri a porta, Ramona e aquele cara triste estavam sorrindo um para o outro. Ela levou um momento para notar minha presença.

— Sam! — exclamou ela. — Encontrei ele!

Isso pareceu deixar o cara tão confuso quanto eu.

— Espera — acrescentou ela. — Como foi a sua audição? Você arrasou? Botou pra quebrar, não foi?

— Thomas Cogsworthy?

Um dos adultos de rosto impassível estava parado na entrada. O outro cara se levantou e passou pelo corredor. Ramona continuava sorrindo. Ouvi a porta se fechar atrás de mim.

— Acho que fui bem — falei.

Ela pulou e me abraçou.

— Isso é tão incrível! — disse Ramona em meu ouvido. — Encontramos nosso terceiro integrante e vamos todos estudar na Artibus!

O perfume dela era gostoso, mas eu a soltei e dei um passo para trás.

— O cara com quem você tava conversando?

— É, ele é super-hardcore. Tem uma pegada mais experimental e pode fazer uns vocais pra gente! Você vai adorar ele.

— Ele por acaso quer entrar pra banda?

— É claro que quer! Quer dizer, é claro que vai querer depois que a gente convidar ele.

Dei de ombros. É difícil resistir a Ramona quando ela está empolgada. Podemos conversar com o cara. Provavelmente não vai dar certo. Até o dia seguinte Ramona já vai ter se esquecido dele.

— Ok — falei. — Então vamos esperar ele voltar.

Voltamos a nos sentar. Ramona balançava as pernas sem parar, cantarolando baixinho.

Sério, é sempre difícil resistir a Ramona.

Tom

De alguma forma, estou sentado à mesa de uma lanchonete meia-boca de frente para dois adolescentes que estudam na mesma escola particular metida a besta que Sara. Ramona, a garota hiperativa de cabelo espetado, até que é divertida. Está batucando dois canudos na mesa. O cara deve ser gente boa, mas não falou muita coisa. Os dois estavam me esperando quando terminei a audição. Aparentemente, esta lanchonete é o lugar especial deles ou coisa do tipo.

— Oi de novo, Janet! — exclama Ramona, que para de batucar e sorri para a garçonete.

Eles pedem uma porção de batata frita com queijo e chili para dividir. Peço apenas um refrigerante, o que irrita a garçonete, mas não me importo.

— Então, Tom — começa Ramona depois que Janet vai embora. — Sam e eu gostaríamos de discutir a possibilidade de você entrar na April and the Rain. — Ela está usando um tom oficial, um pouco parecido com o dos professores da Artibus, porém mais amigável, e dá para perceber que é um pouco de brincadeira. — A April and the Rain ainda não encontrou um som próprio. Adoramos experimentar. Amamos mudanças de tempo e polirritmia. Precisamos que alguém faça os vocais e nos ajude a acertar o tom. Seu conhecimento extenso de música de verdade prova que você não é um *poser*. O noise poderia nos dar o toque avant-garde que estamos procurando. O que me diz?

Ramona dobra as mãos sobre a mesa e inclina a cabeça para o lado.

— Por que você não dá uma olhada no nosso site? — sugere Sam. A voz dele é tão baixa que mal consigo ouvi-la em meio ao tilintar de pratos e talheres da lanchonete. — E, se quiser fazer um som qualquer dia desses, é só falar.

— Tá. Beleza — respondo. A garçonete coloca meu refrigerante e as batatas fritas sobre a mesa. — Então vocês dois estudam na Escola Preparatória de Saint Joseph?

— Nem me lembre — diz Ramona. Sam assente.

— Vocês conhecem uma garota chamada Sara Miller?

— Sei quem é, mas não conheço. Ela é a presidente da turma — explica Ramona. Sam assente sem muita firmeza.

— A gente namorava — conto. Os dois parecem surpresos.

— Ah. Ela é legal — fala Ramona.

Dá para perceber pela voz dela que isso é tudo o que ela tem a dizer sobre Sara.

— É. Tipo, a gente terminou uns meses atrás — falo, mas claramente matei a conversa.

Os dois comem as batatas do mesmo prato sem nenhum tipo de constrangimento. Os cotovelos não batem, eles não entram no caminho um do outro e não parecem preocupados se um deles está comendo mais do que a própria parte. Ramona disse que eles não são um casal. Percebo que estou encarando. Dou um gole no refrigerante.

— Então, qual é o site de vocês? — pergunto.

Como eu imaginava, eles compraram um domínio, e vai ser tão fácil lembrar o endereço que não vou nem anotar. Então a tal de Ramona pega o celular e pede meu número.

— Vou te mandar o link — diz ela.

Sam continua comendo as batatas sem olhar para nós. Essa garota quer mesmo que eu entre na banda, por algum motivo.

— Tá, beleza — aceito.

Ramona

— Ele ligou — anuncio.

Imagino Sam dando de ombros e passando o celular para a outra orelha. Está tarde. Ele deve estar no quarto, como eu, jogado na cama.

— Ok, ligou — diz Sam. — Mas a gente não sabe se ele é bom mesmo.

— Ele é bom — falo. — Dá pra ver.

Eu simplesmente sei disso. Tom é o que faltava em nossa banda.

— Acho que vamos descobrir — cede Sam.

— É. Amanhã. Já expliquei pra ele como chegar aí.

— A gente não ensaia às terças.

— Ensaia quando é pra escolher um novo integrante.

Sam ri e provavelmente revira os olhos.

— Ah, é — diz ele. — Como pude me esquecer disso?

A April and the Rain ensaia na garagem da mãe de Sam. A casa deles tem espaço para três carros, mas, desde que o pai foi embora, há apenas dois, então temos bastante espaço. É lá que Griselda mora. Griselda é minha bateria. Sam guarda todas as guitarras no quarto e leva para a garagem uma ou duas que acha que vai querer tocar no dia. O pai dele não para de comprar guitarras.

Comprei Griselda de uma garota da escola que ganhou a bateria de aniversário e depois perdeu o interesse. Griselda é feita de seis instrumentos incríveis e brilhosos nas cores do arco-íris. Cada tambor é de uma cor diferente, mas, tipo, o tom-tom roxo tem um monte de manchas diferentes de glitter roxo, e o bumbo azul é uma mistura de diferentes tons. Precisei de muitos frascos de glitter e esmalte de unha, mas o resultado valeu a pena.

Enfim.

Estou praticando algumas viradas, quando Sam entra na garagem. Ele carrega a velha Fender elétrica em uma das mãos e o amplificador na outra. Atinjo o chimbal dramaticamente.

— Tava pensando que a gente podia fazer algo em cinco por quatro. Ou talvez sete por oito.

— É, talvez — concorda Sam. — A que horas ele disse que ia chegar aqui?

— À tarde — respondo.

— Isso não é um horário.

— Eu sei. Mas foi o que ele disse. Vamos só tocar.

Começo um tempo de início e Sam liga o amplificador.

Se não fossem Sam e a banda, eu teria me perdido anos atrás.

Já deixei claro que o ensino médio é um antro abismal de idiotice, certo?

No verão antes do primeiro ano, filmaram algumas cenas de um filme de terror em nosso campus. O filme era sobre alunas de uma escola católica que invocam um demônio. Cenas sangrentas acontecem. Meu pai me levou ao set no dia em que estavam filmando uma cena de perseguição no longo corredor do departamento de literatura. Botaram um monte de telas para parecer que era noite, e uma mulher de vinte e tantos anos corria pelo corredor escuro usando uma saia xadrez muito curta. E todo mundo agia como se estivesse fazendo uma coisa super-relevante, como se os gritos falsos dela realmente importassem.

No fim das contas, o ensino médio de verdade é mais ou menos igual: um pouco escuro e assustador, mas principalmente estúpido, com emoções falsas e todo mundo levando tudo a sério demais.

E eu tenho mesmo que usar uma saia xadrez.

Em certo ponto do segundo ano, comecei a usar a gravata azul extra de Sam nas aulas, e rolou um baita fuzuê por causa disso. Ganhei essa batalha porque a administração da escola ficou com medo de que eu fosse sair de algum armário e eles fossem processados por discriminação. Então todas as outras garotas começaram a usar as gravatas do namorado como se fosse uma coisa descolada e rebelde, mas nunca foram chamadas para a sala do diretor por isso.

Não uso mais gravatas na escola. A ex-namorada de Tom, Sara Miller, também não. Ela não é do tipo que vai na onda de uma pseudorrebelião. Ela é mais do tipo que se encaixa sem se esforçar, o tipo raro de pessoa que genuinamente gosta do que é popular e nunca fica irritada quando outras pessoas gostam das mesmas coisas. Ela é gente boa, eu acho. Vive promovendo algum tipo de campanha beneficente por meio do grêmio estudantil, o que é legal.

Enfim.

Tom parece desconfortável quando finalmente aparece para o ensaio. Estou sentada atrás de Griselda quando ele entra na garagem acompanhado pela mãe de Sam. Ela é esquisita. Ela nos oferece edamame glaceado com gengibre, o que significa que ainda está na fase de comida étnica. A versão hippie da mãe do Sam trazia travessas de vegetais com homus caseiro. Quando ainda era a mãe criativa do Sam, só nos ignorava e botava ópera para tocar bem alto.

— Seu amigo Tom chegou — anuncia ela.

— Obrigado, mãe — diz Sam.

Ele pega a bandeja da mãe, que abre um sorriso para todos nós antes de sair.

— Então, oi — cumprimento.

— E aí — responde Tom. Ele joga o peso do corpo de um pé para o outro e coloca o amplificador gigante que está carregando no chão. — Gostei da sua bateria. Glitter é subestimado.

Sabia que ele ia gostar da Griselda. O cara tem o carro mais horrendo e maravilhoso que eu já vi.

— O que é isso? — pergunto, apontando para a coisa na mão esquerda dele, uma caixa preta com botões.

Tom murmura alguma coisa que soa como "gerador de caos".

— Ah, legal — falo.

Sam se vira de costas para nós e coloca a travessa de edamame no banco embutido que tem ali e ninguém nunca usou.

— Tem algum lugar pra eu plugar isso? — pergunta Tom.

Sam mostra o filtro de linha onde o amplificador dele está plugado. Tom se ajoelha e começa a arrumar as coisas. Sam e eu trocamos olhares. Ele continua incerto.

— Então, Tom — começo —, o que você acha que a gente deveria tocar?

Sam

―――

Tom estava plugando o que parecia ser um conjunto de pedais de guitarra sem a guitarra. Ele ergueu os olhos para Ramona e depois para mim.

— Sabe aquele vídeo que vocês postaram semana passada? — disse. — Pensei numa coisa que acho que ficaria legal com aquilo, se quiserem dar uma mexida na música.

Dei de ombros.

— Claro — concordou Ramona.

Ela rufou os tambores e eu fui até minha guitarra. Virei de costas para os dois e dedilhei a corda Mi aguda. Atrás de mim, ouvi Ramona começar a entrar no tempo da música.

Faço o máximo de esforço possível para não ficar observando Ramona quando ela está tocando. Quer dizer, é impossível nunca olhar para ela, porque grande parte de tocar em conjunto envolve se comunicar sem falar. Mas tento olhar o mínimo possível para Ramona.

Ela é muito talentosa. E determinada.

Ela não se importa em ficar suada e de cabelo bagunçado quando toca.

E fica fazendo umas caretas.

Fui salvo das lembranças de momentos específicos em que olhei para Ramona durante os ensaios graças a um barulho atrás de mim. Pareciam sinos dos ventos. Sinos dos ventos alienígenas vindos de um planeta robô. Olhei por cima do ombro. Tom estava curvado sobre os pedais e o sei-lá-o-quê de caos. Produzia um som eletrônico perturbador. Pude ouvir onde minha guitarra se encaixaria. Comecei os acordes de abertura da música. Fechei os olhos e me concentrei na percussão de Ramona. Meu corpo começou a se mover com o ritmo que ela ditava. O som da baqueta atingindo o tom-tom acertava minhas costas sem parar.

Ramona.

Sempre que Ramona come um docinho, Ramona o organiza por cor primeiro. Não é que ela tenha transtorno obsessivo-compulsivo. Só acha divertido. Em geral, não gosta de nada na cor laranja, então dá esses para mim. Os verdes são seus preferidos.

O jeito como Ramona espirra é muito estranho. Ela franze o rosto e faz tipo um ronco baixinho. É como se estivesse tentando impedir o espirro de fugir.

A mãe de Ramona começou a ensinar piano à filha quando ela tinha 4 anos. Morreu quando Ramona tinha 9, e o pai dela contratou uma professora da escola para continuar as aulas depois disso. Ela ainda faz aulas particulares e nunca fala sobre a mãe.

Gostamos de assistir a séries muito ruins juntos para poder tirar sarro dos diálogos. As que envolvem pessoas com habilidades psíquicas que solucionam crimes são as mais divertidas. Ramona é muito boa em prever o que os personagens vão falar em seguida.

Ramona não suporta gente falsa. Para ela, "pretensioso" é o pior insulto de todos.

Ela é divertida e autêntica.

Ramona é uma garota assertiva e, se estivesse interessada em mim como mais que um amigo, já teria dito isso há muito tempo. Ela confiou sua amizade a mim, e nunca vou colocar isso em risco.

———

Virei o corpo.

Da bateria, Ramona encontrou meus olhos. Sorriu e mordeu o lábio. O som estava legal. Tom preencheu a música sem ofuscar nenhum de nós dois. Dava para ver que o cara sabia o que estava fazendo. Ramona fez uma virada, fechou os olhos e jogou a cabeça para trás.

Virei de costas outra vez.

Depois que ensaiamos a música uma segunda vez, nos sentamos no chão da garagem e comemos as coisas que minha mãe tinha trazido. Ramona não parou de falar desde que saiu de trás da bateria.

— A gente precisa fazer alguma coisa com aquela música que tava compondo no segundo ano. Lembra? Você tocava tipo um *da-da-dum de-da*?

Assenti. Tom parecia estar se divertindo, o que era um bom sinal. Algumas pessoas acham Ramona exagerada e, depois desse primeiro ensaio, ela vai insistir ainda mais para ele entrar na banda.

Fizemos um som bem legal com o cara. Lá pelo fim, Tom começou a murmurar e cantarolar algumas letras, e pareceu que ele tem uma voz decente. Eu não tinha nenhuma expectativa em relação a Tom. Não fazia ideia se ele seria bom mesmo. Ramona jurou que sabia, só pela conversa que tiveram no corredor, que ele era um músico de verdade e que estava destinado a ser o terceiro integrante da banda.

Ela estava certa sobre ele ser um músico de verdade.

— Você deveria aparecer no nosso ensaio de sábado — falei para Tom.

Ramona sorriu para mim.

Tom

Estou me sentindo melhor do que tenho estado há semanas. Não estou dizendo que me sinto ótimo; só me sinto melhor. Preciso arrumar o ar-condicionado do meu carro, mas o fim de tarde está fresco e é agradável dirigir para casa com as janelas abaixadas. O glitter no capô é vermelho, e me lembro de Ramona batendo no chimbal e pulando no banco.

Ramona é divertida e engraçada. Sam é um bom músico e um cara decente. Foi bom esquecer de Sara e de todo o resto por um tempo. Vou voltar para outro ensaio no fim de semana.

(Percebo que, na verdade, quero mesmo entrar para a banda deles.)

Tinha entrado no site da banda e ficado surpreso. Eles estavam fazendo umas coisas bem legais com apenas duas pessoas. Minha mãe vive me atormentando para fazer amigos, então achei que valia a pena tentar.

Já está quase na hora do jantar, e o bairro rico da cidade fica a meia hora da casa dos meus pais, em Ferguson. Na via expressa, com as janelas abaixadas, o carro é como um trovão. Sinistro. É um mundo pequeno e caótico. Queria que houvesse um jeito de gravar o vento e capturar a sensação de espaço apertado. Vou ver se consigo fazer alguma coisa no sintetizador que tenha uma vibe parecida.

(Ramona faria as viradas suplementares e mudanças
de ritmo,
amplificando o drama.
Não sei o que Sam faria — algo
incrível
no qual eu jamais conseguiria pensar
que completa a composição
e a transforma
em uma canção.)

Chego em casa antes das seis e meia, então não estou atrasado. Mesmo assim, minha mãe está pondo a mesa, e meu pai já está na cozinha.

Quando entro, ela me lança um olhar, como se estivesse irritada comigo por tê-la feito pensar que talvez eu me atrasasse. Fui um daqueles bebês do tipo "pensei que era a menopausa, mas na verdade estava grávida". Cresci ouvindo minha mãe brincar que, depois de criar três meninos, pensou que já tinha fechado a fábrica — aí eu cheguei.

Nós nos sentamos à mesa e meu pai me chama de "campeão", depois pergunta sobre meu dia. Ele chamava meus irmãos mais velhos de "campeão" quando eram crianças. Eles eram o tipo de garoto que um pai chamaria de "campeão". Gostavam de esportes e queriam aprender a consertar carros em vez de pintá-los com glitter.

— Foi tranquilo, pai — digo.

Meus pais e eu temos um ritual de jantar no qual eles tentam me fazer conversar. Às vezes, não tenho muito a dizer. (Tá bom, na maioria das vezes. Não gosto de compartilhar meus sentimentos. São meus.) A coisa toda só parece muito forçada para mim. Talvez, se eles me deixassem comer em silêncio uma noite, eu teria vontade de falar na seguinte.

— Seu pai e eu estávamos pensando em ir para a casa da vovó no lago no fim de semana — declara minha mãe.

Mal consigo conter um grunhido. Vovó deixou a casa para minha mãe e minha tia. O ar-condicionado de lá é horrível, e não tem sinal de internet.

— A gente precisa ir? — pergunto. — Eu meio que fiz planos.

— Na verdade, estávamos pensando que você poderia ficar em casa desta vez. Achamos que você consegue se virar por uns dias — afirma ela.

— Sério?

Tiro os olhos do prato e encaro meus pais.

— Mas nada de festas — alerta minha mãe. — E nada de projetos de arte em público.

(Ano passado, minha tentativa de pintar um hidrante com glitter resultou em uma visita do Departamento de Polícia do Condado de St. Louis. Desde então, tenho sido mais discreto. Com o projeto *Glitter em Lugares Estranhos*, quero dizer. Eles nunca conseguiram me conectar ao crime.)

— E nada de garotas — acrescenta meu pai.

Ele ri, então acho que era para ser engraçado.

— Tá, beleza. Valeu.

— Quais são seus planos? — pergunta minha mãe.

— Conheci um pessoal naquela coisa da Artibus — conto. — A gente vai se reunir e fazer um som.

Minha mãe parece extasiada; ela acha que eu preciso de amigos. Faz as perguntas que os pais fazem, e eu conto tudo o que sei sobre Ramona e Sam. O fato de eles estudarem na Saint Joe's impressiona minha mãe, assim como aconteceu quando apresentei Sara. Depois que termino de comer, consigo escapar ao invocar as demandas da lista de leituras para o verão.

Uma noite bem típica, mas, como eu disse antes, estou me sentindo um pouco melhor. Em meu quarto, me pergunto se Ramona gostaria de sair algum dia para pintar umas coisas com glitter. Com base na bateria dela, acho que sim.

Ramona

Não deve ser surpresa para você descobrir que tenho uma nêmesis. O nome dela é Emmalyn. Emmalyn Evans, o que, para mim, parece o nome de uma personagem de livro infantil. Emmalyn Evans, vá para a loja. Emmalyn Evans, feche a porcaria da porta.

Enfim, foi ela quem começou tudo.

No primeiro semestre do primeiro ano, fazíamos quase todas as aulas juntas. Em dois meses de ensino médio, os uniformes com estampa xadrez já estavam me deixando louca. Então cortei o cabelo. Com isso, quero dizer que *eu mesma* cortei meu cabelo. No banheiro, com as tesouras da escrivaninha de meu pai. Era para o corte ficar picotado e assimétrico. A ideia era parecer uma bagunça, e adorei o resultado.

Quando cheguei à minha primeira aula naquela manhã, Emmalyn soltou um suspiro alto de espanto e gritou:

— Ai, meu Deus! O que aconteceu com você?

Então revirei os olhos e respondi:

— Obviamente, nada que eu não quisesse que acontecesse. Não sou uma maria vai com as outras igual você.

Todo mundo riu, e Tony Smith soltou um "*tomaaaa*".

Dali em diante, tudo o que eu fazia virava objeto do desdém de Emmalyn Evans. E não era só sobre cabelo. Se eu desse a resposta errada para a pergunta de um professor, ela tirava sarro. Se a gente jogasse queimada na aula de educação física, ela me fazia de alvo. Na primeira vez que fui chamada à sala do diretor por usar a gravata de Sam, Emmalyn sussurrou bem alto:

— Ela vive querendo chamar atenção, né?

Ao longo dos últimos anos, continuei a cortar, trançar, deixar crescer e raspar diferentes seções do meu cabelo do jeito que me dava na telha.

Todo semestre, tive pelo menos três aulas com Emmalyn. Tinha uma esperança imbecil de que talvez este ano eu fosse vê-la um pouco menos, mas aparentemente o universo precisa que a gente jogue uma contra a outra para manter o equilíbrio, porque, em meu último ano, Emmalyn Evans está em minha turma do primeiro horário.

No primeiro dia de aula, quando ela entrou na sala e me viu, deu um suspiro meio resignado, como se eu a tivesse seguido até lá ou coisa do tipo. Estava tamborilando uma batida em compasso cinco por quatro na carteira com os indicadores. Eu já sabia, dos anos anteriores, que isso a irritava, ou pelo menos ela gostava de fingir que a irritava. O negócio é o seguinte: ela sempre se senta perto de mim. Não exatamente ao meu lado, mas perto. Acho que é para eu poder ouvir todos os comentários maldosos e as risadinhas convencidas.

Queria que Emmalyn soubesse que, se ela ia meter essa na primeira aula, então teria que lidar comigo tamborilando compassos e viradas todas as manhãs. Por isso, bati mais alto. Emmalyn se sentou na fileira ao lado da minha, duas carteiras à frente, mesmo que houvesse várias cadeiras vazias mais longe.

É como se ela quisesse que eu enchesse o saco dela.

Tamborilei mais alto na mesa. Em-Ãh-Lin Ev-Ans.

Ela deu um suspiro alto de novo. Ao jogar o cabelo por cima do ombro, se virou para me lançar um olhar fulminante. Revirei os olhos.

Emmalyn Evans, ela é um pé no saco. Emmalyn Evans, ela me dá asco.

Só mais um ano letivo e vou dar adeus para este lugar.

Era importante para meu pai que eu estudasse na Saint Joe's. Ele dá aula aqui há quase trinta anos. Ele é velho. Tipo, velho de verdade, não velho como um pai normal. Tinha 50 anos quando eu nasci. Minha mãe tinha 40. Os dois pensavam que não podiam ter filhos.

Enfim, sendo pai solo com o salário de um professor e tudo o mais, meu pai ficou muito orgulhoso porque eu ia pelo menos ter a melhor educação possível. A Escola Preparatória de Saint Joseph é famosinha, e vários alunos daqui se formam e vão estudar em universidades da Ivy League. Então, é, sei que tenho sorte porque posso frequentar as aulas sem pagar um tostão, mas isso não quer dizer que não há um custo.

Meus colegas acham que ter certas marcas nas solas dos sapatos é uma conquista pessoal pela qual merecem ser admirados. Como se eles tivessem esses sapatos não por causa do dinheiro dos pais, mas porque os conquistaram por serem seres humanos intrinsecamente melhores.

Por consequência, a maioria das conversas que escuto no banheiro feminino me deixa exasperada. A casa de veraneio de uma pessoa ser no bairro errado é o tipo de coisa que vira uma fofoca das boas por aqui. Uma bolsa falsificada é um escândalo.

Graças a Deus, tenho Sam. Ele é tão diferente de todos os outros, que é como se fosse de outro planeta. Enquanto eu acho nossos colegas insuportavelmente irritantes, Sam os considera absolutamente desconcertantes.

Por sorte, Sam e eu temos o mesmo horário de almoço e conseguimos pegar uma mesa de piquenique no pátio. Bom, Sam se senta à mesa, e eu me sento *na* mesa, ao lado do sanduíche dele.

— Na aula de biologia, caí num grupo de laboratório com a Kaylie Rushton e a Pam Jones, e, em vez de me ajudarem com o microscópio, elas ficaram recitando uma para a outra as roupas que usaram em todas as festas durante o verão. Por quê? — reclama Sam.

— Por que o quê? — questiono.

— Por que elas fizeram isso? Elas se importam mesmo com o que a outra usou em julho?

— Nem — respondo. — Elas queriam falar sobre os próprios looks de julho.

— Por quê? — repete Sam.

Eu te amo tanto, penso.

— É só o terceiro dia de aula, Samzinho. Me dá um tempo — digo.

— Ei, você passou vinte minutos falando sobre o jeito como a Emmalyn te encarou na primeira aula.

— É, mas eu não exigi uma explicação pro comportamento dela. Você tem que aprender a ficar em paz com as motivações esquisitas das garotas que têm titica na cabeça.

Sam dá de ombros e pega o sanduíche.

— Só não consigo entender como esse nível de superficialidade pode existir.

Ele dá uma mordida generosa, e um fio de mostarda escorre por seu queixo.

Eu te amo tanto, penso.

Sam

O sr. Van Bueran é o orientador pedagógico da Saint Joe's. Sua voz é um barítono grave, e ele vive pigarreando. Certa vez, Ramona o comparou a uma tuba humana, o que pode soar cruel, mas, se você o conhecesse, ia entender.

Ele me deu uma atenção extra depois que meu pai foi embora no segundo ano. Ele me chamava no escritório uma vez a cada poucas semanas para me lembrar que estava à disposição se eu precisasse de alguém com quem conversar. Mas eu não precisava conversar. Fiquei bem tranquilo quando meu pai saiu de casa. Isso significava que não precisávamos mais fingir. Mas não disse isso a Van Bueran; só falei que estava me adaptando bem.

Mesmo assim, ele me fazia ir lá de tempos em tempos para "botar o papo em dia", e eu continuava dizendo que estava bem-adaptado. Então, no inverno passado, ele disse:

— Então, você deve estar bem animado para se candidatar a uma vaga na Artibus ano que vem, hein?

— É, mais ou menos — respondi.

E o rosto dele se iluminou.

— Por que só "mais ou menos" animado?

De alguma forma, o sr. Van Bueran encontrou a única coisa sobre a qual eu precisava conversar com alguém.

Eu andava tendo algumas dúvidas a respeito da Artibus.

Então não foi uma surpresa quando fui chamado para o escritório dele no segundo dia de aula.

— E aí, Sam? — cumprimentou ele. — Como foi o verão?

— Legal — respondi, então me sentei na cadeira de frente para a escrivaninha dele.

— As audições da Artibus foram uns dias atrás, não foram? — perguntou o sr. Van Bueran. Ele se recostou na cadeira e me examinou.

— É. Acho que fui bem.

— Isso é ótimo — disse Van Bueran. Estava usando uma voz lenta e cautelosa, como se tivesse receio de que eu fosse sair correndo se insistisse demais. — Você continua se perguntando se uma graduação em química seria mais adequada para você? Ainda tem interesse em trabalhar com produtos sustentáveis?

— É, tenho — respondi. Quando ouvi minha própria voz, entendi por que ele estava receoso de que eu fosse sair correndo.

É difícil para mim admitir que talvez eu não queira que a música seja minha vida inteira.

A música é a vida de Ramona.

A música é o que trouxe Ramona para minha vida.

— A Universidade de Saint Louis tem um excelente curso de química — informou Van Bueran. — Já deu uma olhada?

Fiz que não com a cabeça.

Ele sorriu e abriu a gaveta da escrivaninha, de onde tirou o panfleto da USL e me entregou. As pessoas na capa pareciam ter tomado todas as decisões certas.

— A USL te prepararia para entrar em alguns dos melhores programas de pós-graduação — argumentou ele.

Dei de ombros.

— Acho que você deveria pensar no assunto — concluiu.

Assenti.

Não sou de falar muito, mas, quando o faço, Ramona sempre me ouve com atenção. De vez em quando, fico com raiva do meu pai por ter ido embora do jeito que foi e por continuar tendo apenas um interesse vago em mim. Nunca houve ninguém com quem eu quisesse falar sobre esse assunto além de Ramona.

Certo dia, na garagem, ela me disse:

— Olha, Samzinho, talvez isso seja tudo que seu pai te dá porque é tudo que ele *pode* dar. Talvez não seja capaz de lidar com relacionamentos que exigem dar apoio emocional. É triste, mas tem gente por aí que é assim. É um azar de merda que uma dessas pessoas seja seu pai, mas aposto que é bem pior *ser* ele.

Refleti a respeito disso e percebi que era verdade.

O cara não tem amigos. Abandonou a esposa porque ela o odiava por nunca se abrir com ela. Não sabe o que fazer com o filho, então só gasta dinheiro e se esconde.

Enquanto pensava no assunto, percebi que era menos doloroso sentir pena de alguém do que ter raiva dessa pessoa. Não posso mudar quem meu pai é.

E nunca teria percebido essas coisas sem Ramona.

Como posso decepcioná-la depois de todos os planos que fez?

Tom

Quando entrei no ensino médio, os alunos do último ano pareciam tão velhos. Agora o pessoal do primeiro ano parece tão novo. Mas, na verdade, essa é a única coisa que é diferente. Todo o resto deste lugar está exatamente igual.

A galera popular se reúne no pátio antes das aulas. Os excluídos ficam restritos ao refeitório durante o ano todo. O pessoal dos esportes passa o tempo perto das portas do ginásio, como se não visse a hora de entrar lá. Ainda estou sentado com as costas apoiadas no muro sul perto dos alunos que querem ser vistos como "diferentes".

Eu me dou bem com muita gente aqui, mas não tenho um grupinho. As pessoas me convidam para festas e às vezes eu vou, mas não sou bem parte do planeta delas. Sou tipo um amigo-satélite.

Gosto de me sentar perto (mas não junto) dos nerds do teatro, porque eles costumam ter as melhores conversas. Só que hoje é o primeiro dia de aula, então Ally organizou uma reunião semioficial sobre a seleção de peças para o ano.

Saí com Ally Tabor por algumas semanas no segundo ano — porque ela me chamou, e eu achei que deveria aceitar. Não me importei quando ela terminou tudo, e somos bons amigos, eu acho. O nome de Ally, na verdade, é Alejandra. Ela é o tipo de garota que vive inventando novos jeitos de usar o delineador, sempre carregado. Rói as unhas, mas, quando as pinta, é sempre de preto. (É possível que esteja usando o mesmo vidro de esmalte desde o fundamental.) Ally leva a presidência do clube de dramaturgia muito a sério, e gosto disso nela.

Agora está sentada de pernas cruzadas com o resto dos nerds do teatro reunidos a seu redor.

— Se a gente escolher o momento certo de encenar *A morte do caixeiro-viajante*, no mínimo metade dos alunos do segundo ano vai assistir à peça pra não ter que ler o livro pra aula de literatura americana — explica ela. — E o calouro preguiçoso deste ano pode se tornar o formando fã de teatro do ano que vem.

Todos os outros assentem diante da sabedoria de Ally. Nos últimos minutos, alguns alunos do primeiro ano, todos vestidos de preto, se juntaram às margens do grupo. Eles também acenam, olhando para os outros como se pedissem permissão para participar.

Quase três metros à minha direita, aqueles que pensam ser vampiros ou coisa do tipo estão discutindo sobre quem deve um cigarro a quem. Também avisto os caras que tocam um rock genérico chato e pensam que são músicos muito descolados e subversivos. Tento não ouvir a conversa deles; sempre que ouço, sinto vergonha alheia.

Volto a dar play em minhas músicas e me encosto na parede. Nada mudou. Ninguém aqui espera que eu lhes dê "oi". Ninguém aqui está fazendo algo de que quero participar. Este é o segredo para sobreviver ao ensino médio: encontre um lugar seguro, mantenha a cabeça baixa e espere acabar.

Ramona

Na quarta-feira depois da escola, não vou para a casa de Sam, como faço na maioria dos dias. Quando chego em casa, largo a mochila perto da porta, vou direto para o piano na sala da frente e me sento. É um vertical antigo, mas era de minha mãe e cuidamos dele com carinho.

John, meu professor de piano, me faz tocar todas as notas repetidamente, cada vez mais rápido. Estou na escala de Dó agora.
É. Chato. Pra. Caramba.
Dó. Ré. Mi. Fá. Sol. Lá. Si. Dó.
Dó. Ré. Mi. Fá. Sol. Lá. Si. Dó.
Dó. Ré. Mi. Fá. Sol. Lá. Si. Dó.

Mas, se eu não conseguir fazer a escala de Dó com o metrônomo configurado em cento e cinquenta quando John vier amanhã à tarde, então ele pode acabar mencionando isso na frente de meu pai, que comentou algo ontem sobre todos os ensaios extras da banda estarem reduzindo meu tempo de prática no piano.

Meu pai leva minhas aulas de piano tão a sério quanto minhas notas da escola. Ele paga minhas aulas com o dinheiro do seguro de vida de minha mãe e dá muita força para o meu sonho de estudar na Artibus. Vários pais iam querer que os filhos fossem atrás de uma carreira mais prática, mas meu pai quer que eu seja uma pianista como minha mãe.

Ele está longe de ser um músico, mas é bem legal mesmo assim. Quer dizer, para um pai. Principalmente um pai velho. Ele gosta quando discutimos sobre política. Vive dizendo que poucos professores encorajam os jovens a pensar por conta própria. Ele até me defendeu em toda a história da gravata — e, não se esqueça, o diretor da Saint Joe's é o chefe dele.

Acho que somos bem mais próximos do que muitos adolescentes e seus pais. Quer dizer, somos só nós dois em casa.

Então vou para Artibus com Sam e vou estudar piano lá. John diz que sou boa o bastante para ter uma carreira, se eu seguir as instruções dele e praticar bastante.

Dó. Ré. Mi. Fá. Sol. Lá. Si. Dó.
Dó. Ré. Mi. Fá. Sol. Lá. Si. Dó.

Sam

Tem sido estranho ter Tom por perto o tempo todo. Ramona sempre quer saber o que ele acha de tal música ou discutir sobre tal banda, e eu até gosto de ficar sentado ouvindo as pessoas conversarem — especialmente Ramona —, mas, na última semana, senti falta de quando éramos só nós dois.

Só que hoje, no carro de Tom, Ramona estava fazendo seu discurso de "Yes é filosófica e cientificamente falando a maior banda da história registrada". Ela tinha acabado de terminar a comparação profunda entre Bill Bruford e Alan White quando Tom a interrompeu:

— "Owner of a Lonely Heart."

— Quê?

É raro alguém conseguir parar o fluxo de pensamentos acelerados que é a mente de Ramona, mas Tom fez isso agilmente, sem tirar os olhos da estrada.

— "Owner of a Lonely Heart" é uma mácula gritante na discografia da Yes. É uma blasfêmia musical — argumentou ele.

— É ruim de um jeito incrível.

— É, é incrivelmente assustador o tanto que é ruim, mas isso não conta a favor deles. Os caras tavam tentando fazer uma música *boa* e falharam. Não tem outro jeito de olhar a coisa.

Ramona abriu a boca.

— Ele tem razão — intervim. — É uma das melhores bandas da história, mas até as bandas boas fizeram música bosta nos anos oitenta.

— Bom… — começou Ramona, depois ficou em silêncio.

Silêncio.

Ramona ficou em silêncio.

E tenho que admitir que foi meio satisfatório, porque "Owner of a Lonely Heart" é uma música horrível.

Então ela riu e disse:

— Tá bom, vou aceitar esse argumento.

E percebi que talvez Tom fosse bom para nós.

É bom para Ramona ter alguém que dê um banho de água fria nela de vez em quando.

Ela se virou e sorriu para mim.

E percebi que talvez seja bom para mim ter outra pessoa entre Ramona e eu.

Tom

Tudo o que vejo a meu redor são oportunidades desperdiçadas.

Muros de concreto, postes de luz, latas de lixo públicas, tudo em branco — se alguém aparecesse e melhorasse a aparência dessas coisas, as transformasse em arte, por que isso seria ilegal?

Claro, a beleza está nos olhos de quem vê, mas existe uma diferença clara entre arte e pichação de gangues ou crimes de ódio.

Pelo menos, com certeza existe uma diferença entre pichação de gangues e o *Glitter em Lugares Estranhos*. Nos últimos dezoito meses, cobri trinta e três canetas fixas com corrente (que logo serão extintas) usando glitter prateado ou dourado. Pintei quatro caixinhas de reclamações de fast-food com glitter azul, verde, rosa e pêssego. Cobri três lajotas de calçada em três bairros totalmente diferentes com cinco centímetros de lantejoulas multicoloridas da Call Me Crazy compradas em minha loja de materiais para artesanato preferida, a Grift Craft. (Sim, eu tenho uma loja de materiais para artesanato preferida. Lide com isso.)

E cobri um hidrante com glitter.

Sabia que isso passava dos limites, mas senti que já estava na hora. Foi uma decisão tática, e eu estava me sentindo confiante. Sara e eu estávamos juntos havia cinco meses. Ela entendia o GeLE, e me entendia — e era muito incrível ter alguém que me entendia.

Para garantir a segurança pública, usei glitter das mesmas cores do hidrante — vermelho e amarelo — e tomei cuidado para não colocar glitter ou cola nas dobradiças. (É muito importante para mim que minha arte nunca cause danos.) Depois que terminei, o hidrante parecia capaz de funcionar exatamente como antes, só que agora tinha glitter.

E por que não? Por que essas coisas que precisamos ter — hidrantes e semáforos e pontos de ônibus e passarelas — não podem ser belas e únicas, ou pelo menos interessantes para quem as olha? Há pessoas que querem fazer isso de graça para a comunidade, pessoas que não acham que a arte deve ficar restrita às galerias.

Pelo menos é algo a se considerar, certo?

Então, enfim, fiquei orgulhoso de meu hidrante.

A cidade de St. Louis não teve exatamente a mesma opinião.

O policial apareceu durante o jantar — excelente *timing* da parte dele.

Minha mãe e eu ainda estávamos à mesa quando meu pai me chamou pelo nome. Só de ouvir seu tom de voz, já sabia que havia algo errado.

O broche do policial dizia "Smith".

Seu rosto dizia "preocupação grave".

— Filho, este é o seu carro? — perguntou o policial Smith, me mostrando uma captura de vídeo de uma câmera de segurança. A imagem mostrava meu carro no beco, ao lado do hidrante.

— Sim, senhor — respondi.

Já tinha imaginado um momento como aquele e estava determinado a me render com dignidade.

— Sr. Cogsworthy — disse o policial Smith (odeio, odeio, odeio quando adultos me chamam de senhor, como se estivessem me tratando com respeito quando, na verdade, sentem o oposto disso) —, é uma coincidência que seu carro, que é coberto de glitter, tenha sido visto na câmera perto de um bem público que foi vandalizado com glitter?

Não consegui me conter.

Caí no riso.

Ri na frente do policial Smith e de meus pais, porque "vandalizado com glitter" era a frase mais engraçada que eu já tinha ouvido ser dita com uma voz tão séria.

Para resumir a história, no fim das contas eu tive muita sorte. Tecnicamente, fui preso, embora nunca tenha de fato saído da casa dos meus pais, e, quando fui ao tribunal, li a declaração de desculpas que minha mãe escreveu no lugar do manifesto artístico que eu tinha preparado.

O juiz foi leniente porque disse que tinha um neto que era "como eu" (não vou nem comentar isso), e fiz dezesseis horas de serviço comunitário cobrindo pichações de gangues na vizinhança.

Também fiquei de castigo por dois meses, e meus pais com certeza me trazem na rédea curta desde então.

A pior parte foi que Sara não quis mais que eu continuasse com o GeLE. E foi aí que começamos a brigar.

Ramona

— A questão do Neil Peart é a seguinte: ele sabe que a bateria acústica sempre vai ser a alma da percussão, mas abraça as inovações proporcionadas pela bateria eletrônica — explico para os meninos.

É uma tarde normal na garagem de Sam. Estamos fazendo um rápido intervalo antes de tentar gravar nossa nova música. Hoje, Tom trouxe seu touchpad do caos, a coleção costumeira de pedais e um didjeridu. Experimentamos um pouco por um tempinho e não levou muito tempo para sair um som legal. A música que fazemos com Tom é estranha e empolgante. Não é sempre tecnicamente difícil, mas é sempre nova.

A que compusemos hoje começa com os tons baixos e solitários do didjeridu; depois, Sam entra com um rife doido na cítara que o pai dele trouxe da Índia. Bem quando eu entro com a batida polirrítmica, Tom passa do didjeridu real a uma gravação à qual ele acrescenta uns efeitos, e Sam começa a melodia principal na guitarra.

A organização disso tudo é ridícula. Instrumentos, pedais e cabos ocupam todo o chão, e Sam teve que pegar outra extensão. Por causa da bagunça, estamos todos de pé ou sentados atrás de nossos instrumentos.

— A bateria eletrônica foi inventada pelo cara do Moody Blues — conta Tom. — Eles merecem um lugar no coração de todo percussionista de respeito. E uma banda sem o cérebro de um percussionista de respeito é incapaz de transcender esse domínio.

— A gente não tem esse problema — diz Sam.

— Valeu — falo —, mas acho que não mereço o elogio. Sou uma boa baterista, claro, mas não sou tão criativa assim.

— Lembra aquele dia quando você comentou o quanto gostava do som quando tocava no chão da garagem? — comenta Tom. — Por que você nunca gravou isso pra uma música?

Uma ficha cai dentro de mim.

— Você já trata o mundo todo como se fosse sua bateria mesmo — complementa Sam. — A gente pode muito bem começar a incorporar isso à banda.

Sinto um calor agradável no peito, como se de repente houvesse mais espaço em meus pulmões. Penso no som das batucadas na carteira escolar, no volante de Sam, no banco do piano. Lembro dos tons das minhas baquetas no concreto e no plástico, na madeira oca e no asfalto denso e escuro.

Nunca me ocorreu que talvez eu estivesse fazendo
música de verdade,
da qual outras pessoas fossem gostar.
E pensar que quase não falei com Tom naquele
primeiro dia.

Sam

Minha mãe é uma adulta que nunca entendeu quem é de verdade e provavelmente nunca vai entender.

Quando meus pais se conheceram, ela tinha acabado de se transferir da graduação em teatro para serviço social. Largou a faculdade assim que se casou com meu pai.

Depois, quando eu era pequeno, minha mãe vivia tentando encontrar um esporte diferente para mim, um hobby novo. Cerâmica, capoeira, teatro infantil. Quando eu tinha 11 anos, disse a ela que não queria tentar nada novo. Só queria continuar tendo aulas de violão.

Nos seis meses finais da última eleição presidencial, ela começou a ter opiniões e se envolver bastante. Falava em reuniões e comprava camisetas de campanha com slogans inteligentes. Caminhava pelos bairros para registrar eleitores. Falava sobre concorrer a cargos locais, sobre fazer a diferença por meio da democracia. A candidata dela perdeu. Ela parou de falar sobre política.

Pouco antes do divórcio ser concluído, minha mãe começou a mencionar que sempre fora uma pessoa muito espiritualizada. Entrou para a ioga e usava braceletes com pedras magnéticas e sininhos. Ficou um tempo falando sobre vidas passadas e campos de energia, mas isso passou. Ela ainda faz ioga em alguns fins de semana, mas ultimamente anda assistindo a programas de culinária e testando receitas. É bem mais divertido agora que ela superou a fase das bebidas herbais.

Mas eu ainda tenho minhas guitarras e os ensaios da banda.

Amo minha mãe. Tenho mais respeito por ela do que por meu pai.

Mas também sei que não quero ser como ela.

Amo música. Amo tocar minhas guitarras.

Mas não amo o suficiente para querer enfrentar o que é necessário para me tornar um músico profissional.

A música sempre será parte de minha vida. Uma parte importante.

Mas há outras coisas que também quero fazer e não quero abrir mão delas para me dedicar a uma única atividade.

Quero fazer do mundo um lugar melhor, ajudar o meio ambiente.

E gosto muito de química. Muito mesmo.

A música sempre vai ser parte de minha vida. Uma parte importante.

Mas não sirvo para a vida de músico.

Eu me conheço bem o suficiente para saber isso.

Tom

Antes de terminarmos, Sara e eu tivemos uma discussão sobre peixes dourados.

Tive um plano brilhante, ao qual ela se opôs por motivos éticos.

Foi no final da última primavera, quase no verão, eu acho. Depois da escola, dirigi até a Pet Shop e Empório de Peixes do Juan para comprar peixes dourados, do tipo minúsculo, que não se vende como bicho de estimação, mas como comida para outros animais. (Por que alguém ia querer um peixe de estimação que se alimenta de outros peixes? Não é igualmente bizarro e trabalhoso demais?)

Peixes desse tipo custam cerca de dez centavos. Gastei vinte dólares. Depois, atravessei a cidade para buscar Sara. Ela tinha ficado até tarde na Saint Joe's para uma reunião do grêmio estudantil. Sempre que eu a buscava na escola, nunca chegava a entrar no campus. Estacionava perto dos portões. Ela parecia não se importar.

— Tenho um belo de um encontro planejado pra gente, minha jovem — falei quando ela entrou no carro.

— Sério? — Sara levou as mãos atrás da cabeça e apertou o rabo de cavalo. Eu tinha feito um retrato dela com as mãos naquela posição em meu diário.

— Sério — respondi. — Vai te deixar de queixo caído.

Então apontei com a cabeça para o banco de trás. Sara arfou de susto quando viu os saquinhos plásticos com peixes dourados.

— Mas o que...

— Você vai ver — prometi a ela, e saí dirigindo rumo ao centro de St. Louis, onde fica uma fonte enorme, toda adornada com sereias guerreiras e voluptuosas. Aquela fonte era nosso destino.

Estacionei a algumas quadras de distância e, antes de sairmos do carro, coloquei um dos bonés de beisebol de meu pai na cabeça, com a aba abaixada para cobrir o rosto. Dei um dos saquinhos com peixes dourados para Sara e atravessamos a praça juntos.

— Este é o primeiro de uma série de projetos-irmãos do *Glitter em Lugares Estranhos* — expliquei a ela. — Vou chamá-lo de algo tipo "Surpresa! Vida Real!".

Quando chegamos à fonte, abri o primeiro saquinho e despejei os peixes na água.

Os bichinhos meio que entraram em pânico por um momento, mas depois desaceleraram e começaram a nadar em círculos como na pet shop. O visual era incrível.

Despejei o segundo e o terceiro saquinho.

Em comparação àqueles peixes minúsculos e reais, as sereias pareciam ridículas.

Eu me virei para Sara e estendi as mãos, pedindo o último saquinho. Por um momento, ela não quis soltá-lo. Pensei que estava nervosa. Algumas pessoas do outro lado da rua estavam nos encarando. Arranquei o saquinho das mãos dela e soltei os últimos peixes. Então peguei meu celular, tirei uma foto rápida e agarrei o braço de Sara enquanto dava meia-volta. Corremos juntos de volta para o carro, e liguei o motor assim que fechei a porta.

— Vai ficar ainda mais incrível amanhã! — exclamei.

— Depois que estiverem todos mortos, vai ser grotesco. Como se os peixes dourados tivessem sido sacrificados em nome dos falsos peixes ídolos.

— Mas foi você quem matou eles — contestou Sara.

Tirei os olhos da rua para encará-la. Ela estava com os braços cruzados sobre o peito em uma postura defensiva, e não consegui decifrar a expressão em seu rosto.

— Eles iam morrer de qualquer jeito — argumentei. — São comida de peixe.

— São criaturas vivas — rebateu ela. — Não é esse o argumento do seu projeto artístico?

— Você come carne.

— A questão não é essa.

Sara estava de braços cruzados sobre o peito, com o lábio inferior projetado para a frente em um beicinho.

— Qual é a questão?

Ela não respondeu, e eu também não. Levei-a para casa sem perguntar primeiro. Antes de sair do carro, ela se virou para mim.

— A questão é que você não deveria mais estar fazendo essas coisas, Tom. Você foi preso! Sei que é muito dedicado à sua arte, à sua música e tudo o mais, mas talvez eu queira ter um encontro de verdade de vez em quando — disse ela. — Um em que você me trate como uma namorada de verdade.

Então, antes que eu pudesse dizer qualquer coisa, ela bateu a porta com força.

O dia seguinte foi um sábado. No domingo, liguei para ela e agi como se nada tivesse acontecido. Para meu alívio, ela fez o mesmo.

Uma semana depois, li um artigo no *Post Dispatch* que dizia que uma "brincadeira" tinha custado à cidade cinco mil dólares quando o sistema de filtragem de uma fonte no centro ficou entupido com peixes dourados. Isso me deixou morrendo de medo, porque ainda estava em liberdade condicional, e me chateou de verdade. Causar danos reais é contra meu código de ética.

Eu ia falar sobre isso com Sara e admitir que talvez eu devesse ter pensado um pouco melhor nas coisas, mas, antes que tivesse uma chance, ela terminou comigo.

Não quero mesmo reviver aquela conversa.

Ramona

Meu coração está acelerado.

A garagem de Sam é uma sala de espetáculos para a banda mais descolada, avant-garde e ousada de noise rock experimental do planeta. Por cima do som de minha respiração, ouço o bordão da guitarra de Sam chegando ao fim da música. Há um momento de silêncio e, em minha cabeça, o público grita de entusiasmo.

Acabamos de tocar como nunca tocamos antes. Dou uma olhada em Sam. Seu sorriso lento e doce vai crescendo no rosto.

— Cara, nós somos os músicos clássicos do futuro — digo.

Tom ri. Ele tem uma risada gostosa. E é bem bonitinho quando não está de cara amarrada, coisa que vem acontecendo bem menos ultimamente.

Sam atravessa a garagem e salva nossa gravação no notebook.

— Acho que a gente tá pronto pra mostrar nosso novo som pra Nanami — diz ele. — Além disso, ela deixou um comentário ontem perguntando por que não postamos nenhuma música ou vídeo ultimamente.

— Concordo — digo. Saio de trás de Griselda e me deito no piso frio de concreto.

— Quem é Nanami? — pergunta Tom.

— É uma fã nossa — explico. — E se ela não gostar de você, então vamos ter que arranjar outra fã.

— Se ela tiver alguma crítica, a gente deveria pelo menos ouvir — argumenta Sam. Ele se senta ao meu lado. — Ela tem sido leal a nós há um bom tempo.

Ele abaixa a mão distraidamente, quase ao lado de minha cabeça, roçando meu cabelo. Finjo que ele está desejando poder acariciá-lo.

— Mas ela vai te amar, Tom — falo. — Sinto no meu coração.

— Você "sente" bastante — comenta ele, sentando-se do meu outro lado.

— Eu sempre tenho razão.

— Ela quase sempre tem razão — corrige Sam.

Tom sorri, um sorriso largo como nunca vi antes. Sei que Tom gosta de estar na banda com a gente. Ele não fala muito sobre outras pessoas, então não tenho certeza se tem outros amigos.

— Beleza. Vamos fazer um intervalo rápido, aí o Sam dá uma mixada na música e a gente sobe ela no site.

— Boa — concorda Sam.

— Acho que isso faz de você um membro oficial da banda, Tom — declaro.

— Pensei que eu já fosse um membro oficial. A gente tá ensaiando juntos faz um mês.

— Você é oficial nível Nanami — explico. — Isso já é um outro nível de segurança. Talvez eu deixe você escolher o nome da próxima música.

— Mas não dessa — avisa Sam. Na hora, ergo o tronco e me apoio nos cotovelos. Sam não costuma se manifestar desse jeito. — Pensei num título enquanto a gente tocava.

No quarto de Sam, eu me sento na ponta da cama dele e dou pulinhos no colchão enquanto os meninos se debruçam sobre a escrivaninha. O quarto é bem legal. Quando a mãe dele estava na fase decoradora de interiores, pendurou todas as guitarras na parede. É duplamente legal, porque é conveniente e dá um toque ousado.

— Você vai quebrar minha cama — alerta Sam por cima do ombro.

No pulinho seguinte, pego impulso e salto até a escrivaninha com eles. O upload de "Deadly Moving Pieces" já acabou. Sam está digitando os créditos de sempre: "Samuel Peterson: Guitarra; Ramona Andrews: Bateria" e então acrescenta "Tom Cogsworthy: Criador de Caos".

— O quê? — questiona Tom. — Quer dizer, é incrível, mas o que isso quer dizer?

— Não é isso o que você faz? — pergunto. — Seu criador de caos, o sintetizador com aqueles botões e um touchpad?

— É o *kaossilator*, com K. — Ele soletra o nome para Sam. — Mas gostei de "criador de caos".

No fim, Sam o credita como "Tom 'Criador de Caos' Cogsworthy: Kaossilator".

Tom ri. É um som do qual estou começando a gostar bastante.

Sam

Ramona e eu meio que tivemos um encontro uma vez. Mais ou menos.

Ela tinha decidido de repente que a gente deveria ir a pelo menos um dos bailes de outono juntos.

— Vai ser horrível, e a gente vai sair mais cedo pra ir fazer alguma coisa legal — disse ela. — Mas é o ensino médio, e a gente deveria poder dizer que foi a um baile.

Então nós fomos.

Ramona usou um vestido azul curto e estilizou o cabelo para cima com gel cheio de glitter. Dei um *corsage* para ela, o que a surpreendeu, mas pensei que era isso que eu tinha que fazer. Eram duas rosas brancas. Ela ainda as guarda na estante de livros do quarto dela.

Depois que fomos embora do baile, dirigimos até o Aeroporto de Lambert e ficamos vendo os aviões decolarem e pousarem. Nós nos sentamos no capô do carro e nos encostamos no para-brisa. Estava bem frio, mesmo para o outono, e usamos nossos casacos de sempre com os trajes formais. Ramona ficou falando sobre nossa escola e todos os alunos com prioridades distorcidas. E conversamos sobre como as pessoas se tornam quem são e se algum de nós é capaz de fugir disso.

— Às vezes, o mundo inteiro parece uma máquina enorme de cuspir gente, transformando todas elas no tipo de pessoa que devem ser. Isso me assusta — disse Ramona. — Às vezes, eu sinto o mundo me puxar, me dizendo pra seguir o caminho mais fácil, pra parar de me esforçar tanto pra ser eu mesma, pra tentar só as coisas simples da vida. E isso nunca para. A máquina pode te pegar em qualquer idade. Ninguém é velho demais pra se vender.

Então ela se virou para mim com uma expressão esperançosa no rosto, como se talvez eu pudesse diminuir seu medo.

Quis agarrá-la e dizer que ela era a pessoa mais única e interessante que eu já tinha conhecido. Que eu a considerava corajosa e engraçada, e acreditava que ela faria músicas incríveis que mudariam o mundo. E quis beijá-la. Quis isso mais do que tudo.

E quase a beijei. Cheguei a considerar de verdade.

Mas, em vez disso, o que eu falei foi:

— Acho que, enquanto você ainda consegue enxergar a máquina, tem a chance de escapar dela.

Ramona sorriu. Acho que era a coisa certa a se dizer.

A coisa certa a se fazer.

Se Ramona quisesse me beijar, teria feito isso ela mesma.

Tom

— O plano é o seguinte — começo.

Vou levar Ramona para espalhar glitter.

— O que a gente tá prestes a fazer é tecnicamente ilegal — aviso.

Para certas figuras de autoridade, tudo o que estamos prestes a fazer é completamente ilegal.

— A gente vai atravessar este estacionamento como se estivesse pegando um atalho. Quando chegarmos à cerca, vamos espalhar glitter. Não vamos falar sobre isso. Vamos fazer tudo bem rápido. Depois vamos sair andando.

Estou segurando uma sacola de fast-food engordurada. Já comemos os hambúrgueres.

Dentro da sacola há duas latas de cimento elástico e três frascos de glitter.

Ramona está usando uma blusa preta de gola alta, como se fôssemos espiões em um filme.

Na verdade, o uniforme da escola dela teria nos dado o tipo de disfarce que poderíamos usar nesta operação, mas não toquei no assunto.

Estamos atravessando o estacionamento, nós dois, em uma quinta-feira. O ensaio da banda foi cancelado por causa da sinusite de Sam, que Ramona descreveu como "uma espécie de praga".

Chegamos a um trecho cortado de cerca de arame colado a um lodão-americano. Estamos fora do centro de St. Louis, em um bairro que costumava ser mais abastado, mas agora é o tipo de lugar onde você não gostaria de ir à noite.

Antes havia uma escola primária aqui. Este lugar costumava ser uma fonte de esperança. Crianças brincavam aqui. A secretaria de educação da cidade vem tentando vender este prédio há um bom tempo. Este canto do estacionamento foi abandonado. As pessoas que passam por essa cerca talvez não estejam fazendo coisa boa, ou podem estar sem muita sorte (sem sorte há um bom tempo).

Amo frequentar essas partes da cidade. Amo as placas velhas e os murais desbotados com propagandas de negócios já falidos há muito tempo. Amo as flores silvestres que crescem nas rachaduras das calçadas e sarjetas. Gosto de pensar nas pessoas que costumavam morar e trabalhar aqui.

As pessoas pensavam que esses prédios seriam sempre habitados, que este bairro seria sempre bem cuidado. Viveram suas vidas, gastaram seu dinheiro, seguiram em frente e morreram.

Por algum motivo, as pessoas sempre acham que o mundo nunca vai mudar. Gosto de imaginar os degraus de minha escola desmoronando, alguém se perguntando sobre mim.

A luz de outubro recai sobre a vegetação ao nosso redor. O concreto sob nossos pés está rachado como os rios que atravessam os continentes. Com o pequeno pincel na lata de cimento elástico, começo a cobrir a cerca. Não estou tentando fazer um trabalho perfeito; esse não é o objetivo.

Na semana passada, Ramona me perguntou sobre meu carro. Ela estava deitada no chão da garagem de Sam, toda suada de tanto tocar. Sam tinha ido ajudar a mãe com alguma coisa.

— A gente passa tanto tempo dentro do carro. Acho estranho que a maioria das pessoas não sinta vontade de decorar o próprio carro.

— Eu entendo — disse Ramona. — Se eu tivesse meu próprio carro, ia cobri-lo de letras de músicas. Desenhos também. Mas você não se sente estranho por dirigir um carro cheio de glitter pela cidade?

— E por que não? — questionei. — Você tem que admitir que não ia me perguntar isso se eu fosse uma garota. Por que é que um certo gênero virou dono de um certo tipo de plástico reflexivo? Acho que glitter é ousado e me recuso a aceitar as suposições culturais irracionais de outras pessoas.

Quando terminei de falar, Ramona estava me olhando de um jeito estranho. Sara costumava me olhar daquele jeito.

— Da próxima vez que você sair pra espalhar glitter, me leva junto — pediu Ramona, assim como Sara havia pedido.

Eu estava contando meus sentimentos reais a alguém, e essa pessoa quis me conhecer melhor em vez de discutir comigo.

É assustador, mas tentador demais para resistir.

Ramona pega o glitter azul-claro. O nome é algo do tipo "Sou Apenas uma Sonhadora", mas para ela deveria ser algo como "Não Sou Sua Pixie Maníaca". As mãos dela trabalham atrás das minhas. Não conversamos, assim como eu disse que não conversaríamos. Um carro passa por nós lentamente, o motorista absorto em uma conversa ao celular. O para-brisa reflete a luz do sol e ofusca meus olhos.

Ramona trabalha depressa, e em pouco tempo cobrimos um trecho de cerca de quase dois metros de diâmetro. Gesticulo para ela, que solta o glitter na sacola e eu a amasso para fechá-la. Damos um passo para trás e observamos.

Fizemos mágica nesta escola abandonada. Os grumos e caroços de purpurina estão refletindo aquela luz de outubro, e a cerca foi transformada em uma fronteira cintilante entre este mundo assolado pelas drogas e pela pobreza e um outro, talvez melhor.

— Isso é incrível, no sentido antigo e bíblico da palavra — exclama Ramona.

Sinto os cantos da boca se contraírem.

— Vamos, minha jovem — chamo. — Temos que ir.

Pego a sacola de papel engordurado e saímos andando.

Ramona

Será que eu deveria ter previsto minha quedinha por Tom?

Porque eu não estava esperando por essa.

Não mesmo.

Ele parecia tão amuado quando nos conhecemos.

Demorou algumas semanas até eu pensar *hum, ele até que é bonitinho*.

Tom meio que superestima a percussão sintetizada dele.

Ainda não entende a importância total do rock progressivo.

Mas acho que tenho um fraco por caras que não têm vergonha de ser quem são.

Além disso, dei canja de galinha para Sam hoje.

Enquanto ele estava doente, eu fiz a sopa, mas acabei não tendo a oportunidade de entregá-la antes de ele se recuperar. Então hoje, quando veio me buscar, eu trouxe a sopa. E, quando disse a ele que era a receita de minha mãe, Sam não ficou todo constrangido ou sentimental comigo. Só falou "Ah, então é como se fosse a sopa da sua mãe também. Legal".

O que é uma coisa tão perfeita e típica do Sam de se dizer.

Ele não achou que era uma resposta estranha.

Isso parece ser outra coisa da qual gosto.

Um cara que é bastante esquisito e não sabe disso.

Ainda estou completamente apaixonada por Sam.

E agora tenho um megacrush em Tom.

Merda.

Talvez eu só goste de caras que fazem música comigo.

Sam

"ISSO É UMA BANDA NOVA? AMO TANTO VOCÊS PRA SEMPRE!" foi o comentário de Nanami. Foi na sexta-feira antes do Halloween, e estávamos com meu notebook na garagem. Nanami tinha mudado a foto de perfil. Na nova imagem, ela estava fazendo cara de peixe com outra garota que tinha olhos de animê desenhados nas pálpebras.

— *Hum* — murmurou Ramona. — A gente é uma banda nova?

De repente a ficha caiu.

— É — falei. Eu e Ramona somos April and the Rain, mas isto é algo novo. Tom fez de nós algo diferente. — A gente precisa de um nome novo.

— Bom, vocês sabem o que isso significa — disse Ramona.

— Na verdade, não sei, não — comentou Tom.

— Festa de *brainstorming*! — Ramona e eu exclamamos juntos.

Eu estava com as mãos ocupadas carregando as sacolas do posto de gasolina, então me virei e fechei a porta da frente com o pé.

— Ao longo dos anos, eu e Sam determinamos o procedimento exato de ociosidade que mais favorece a função criativa do cérebro — explicava Ramona para Tom na sala de TV. — Radiohead, obviamente, chocolate, pipoca sabor alho e aqui vai o segredo: refrigerante de laranja.

— Surpreendente.

— Mas efetivo. Aquele cantinho entre a TV e a ponta do sofá é onde eu fico sentada. Vou proteger aquele lugar com violência, se for necessário.

— Ela tá falando sério — avisei, ao entrar na sala. — Fiquei com um hematoma em formato de baqueta na perna por semanas.

Não consegui conter o sorriso no rosto. Amo como Ramona leva a sério nossas festas de *brainstorming* e estava me divertindo com a veneração de Tom pelas regras.

— Vou respeitar a santidade do seu cantinho — prometeu Tom. — Quando a gente começa?

— Agora — declarou Ramona.

Eu me joguei no sofá.

Tom

Aqui vai uma lista de nomes de banda (listados de menos para mais incrível) sobre os quais conversamos na festa de *brainstorming*:

- Interstellar Lunch Menu. *Cardápio de Almoço Interestelar* (Ramona)
- A Rose Is a Rhododendron. *Rosas São Rododendros* (Eu)
- The Hug Addicts. *Viciados Em Abraços* (Ramona, rapidamente descartado por Sam)
- Autoerotic Annunciation. *Anunciação Autoerótica* (Sam, rapidamente descartado por Ramona)
- Brain Maze. *Labirinto Cerebral* (Ramona)
- Homemade Atom Bomb. *Bomba de Átomos Caseira* (Eu)

- Feng Shui or Die! *Feng Shui ou Morte!* (Sam)

Foi assim que finalmente decidimos.

Sam está deitado na mesma posição com as mãos dobradas atrás da cabeça. Ramona está fazendo uma espécie de parada de mão contra a parede. (Essa é só a segunda vez que eu a vejo sem o uniforme da escola. Ela está usando calça jeans larga nada estilosa, e eu gosto disso.) De repente, tomba para o lado e aterrissa com um baque que faz as porcelanas sobre a cornija da lareira balançarem.

— Cuidado — alerta Sam. Ele nem olha, o que me faz concluir que Ramona fazer bagunça na casa é uma ocorrência normal. Sam também abre um sorrisinho, e me sinto um idiota por não ter percebido antes que ele está muito, muito caidinho por ela.

Bem que eu senti que meu cérebro estava funcionando melhor com os lanchinhos, mas não conseguíamos pensar em um nome do qual todos gostássemos.

— Sam? — chama Ramona. Ela está deitada no chão em seu cantinho agora, esparramada como a vítima de um trauma violento. — Lembra quando eu tava falando com você sobre como me senti quando saí pra espalhar glitter com o Tom? É daquele jeito que eu queria que fosse o nome da banda. É daquele jeito que me sinto fazendo música com vocês dois.

— É — concordo.

Sei qual é o sentimento do qual ela está falando.

Hoje mais cedo, antes de vermos o comentário de Nanami, ensaiamos. Tem uma música que começamos a compor duas semanas atrás que ainda não tínhamos conseguido acertar. Ramona anunciou que, se não acertássemos a música hoje, precisaríamos descartá-la, e Sam e eu concordamos.

Começamos do jeito que tínhamos iniciado antes, com Sam abrindo no baixo. Alguns compassos depois, comecei a melodia secundária pré-configurada no kaossilator, e Ramona começou uma percussão militar lenta.

Abaixei o tom e o mantive até ele se transformar em um bordão.

Eu me lembrei de como o azul no topo da cerca se misturou ao céu (e brilhou).

E então Sam começou uma melodia com o violão.

Foi como se ele tivesse arrancado a imagem de azul--sobre-azul de meu cérebro e a transformado em música.

Ramona desacelerou, e pude ver o carro passar pela cerca e o rosto do motorista, um estranho que jamais vou conhecer, fazendo uma careta ao celular. De canto de olho, eu ainda conseguia ver as partículas brilhantes de azul à luz de outubro. O sol refletiu no para-brisa e ofuscou minha visão.

Então voltei para a garagem, e a música estava chegando ao fim.

— Vandalized by Glitter — falo. Tanto Sam quanto Ramona se levantam e olham para mim. — É "vandalizado com glitter" em inglês. Foi o que o policial me disse quando eu fui preso. E, sei lá, às vezes nossas músicas soam como se a gente estivesse indo até uma pessoa e jogando glitter na cara dela.

— Eu tava odiando até você falar essa coisa de jogar glitter na cara da pessoa — diz Sam. — Mas agora entendi. E gostei.

— Vandalized by Glitter — repete Ramona. — *Vandalized*.

— *By Glitter* — completo. Ergo as sobrancelhas para ela. Ramona ri, e temos um nome.

E eu tenho amigos de verdade que acho que talvez me entendam de verdade.

Ramona

A banda está arrasando. Semana passada, nós três recebemos nossas cartas da Artibus nos convidando a fazer a matrícula no curso que escolhemos. Ainda estou apaixonada por Sam, e agora tenho um inconveniente crush avassalador em Tom, apesar de achar que isso está sob controle.

Mais ou menos.

Já passamos de dois terços do semestre.

Então é claro que chegou a hora de eu encarar minha nêmesis.

Emmalyn passou o semestre inteiro prestes a ultrapassar os limites. Não é que eu me importe com o que ela diz sobre mim, só estou de saco cheio disso. Digo a mim mesma que ela deve ser infeliz, talvez sinta inveja. Mas que direito ela tem de ser tão ativa e publicamente antipática comigo? Nunca fiz nada para ela. A menos que ela tenha feito algo primeiro.

Tipo hoje.

É idiota, mas meu humor estava muito bom hoje de manhã. Tudo está começando a parecer real demais. Eu finalmente vou ter permissão para sair deste lugar. O mundo finalmente vai levar a sério meu desejo de dedicar minha vida à música. Além disso, acabei de encontrar um par maneiro de botas de couro pretas com tachinhas que por pouco não são botas militares e, portanto, passam de raspão pelo código de vestimenta da escola.

Então eu estava sorrindo quando entrei na sala.

Uma demonstração de emoção genuína para algumas pessoas.

Um sinal de fraqueza para Emmalyn Evans.

— Isso aí são aqueles sapatos pra corrigir a postura? — cochicha ela em voz alta enquanto eu me sento. — Porque não tá funcionando.

Sei que minhas botas são incríveis, não importa o que as Emmalyns da vida digam, mas por acaso minha postura é impecável pra caramba. De verdade.

E essa parte do comentário dela me deixa furiosa.

— Bom dia, Emmalyn — digo em voz alta. — Parece que mais uma vez você não ganhou atenção suficiente do seu pai no fim de semana.

— Meu Deus, qual é o problema dela? — reclama Emmalyn.

E é aí que eu perco a cabeça.

— Fala comigo! — Eu me levanto e grito as palavras na cara dela. — Para de falar *sobre* mim e. Fala. Comigo.

A essa altura, o dr. Harris não tem mais como ignorar o que está acontecendo, e Emmalyn e eu somos mandadas para a diretoria.

Juntas.

Na Escola Preparatória de Saint Joseph, espera-se que os alunos tenham a decência de caminhar ao lado do inimigo até a diretoria em silêncio e sem partir para a violência. Como se golpes fossem mais poderosos que a língua.

— Meu Deus — Emmalyn não para de sussurrar. — Isso é tão ridículo.

— Tá falando com quem? — provoco. — Resolveu finalmente falar comigo em vez de falar sobre mim?

— Por que é que me mandaram pra diretoria? Eu tava conversando com a Hanna. Você é quem tava gritando comigo.

— Você tava falando sobre mim pra sala inteira — retruco. Preciso me conter antes de levantar a voz outra vez enquanto finalmente consigo articular, no calor do momento, o que tenho vontade de dizer a ela há anos. — Esse seu teatrinho de ouvirem sua conversa enquanto faz fofoca não tá enganando ninguém, nem mesmo o dr. Harris. Você faz bullying.

— Não faço bullying — diz Emmalyn. Ela chega a parar no meio do corredor e se vira para mim. — Só não gosto de você, de você ou do seu tipinho.

— Meu tipinho? — repito. Essa é nova. — O que diabos você quer dizer com isso?

— Você tem que garantir que todo mundo saiba que você é *tão* especial e *tão* diferente. — Emmalyn ergue a cabeça. — Tudo o que você faz, seus cortes de cabelo e suas botas idiotas, tudo é pra mostrar que você é diferentona pra caramba. Você diz que não liga pro que as pessoas pensam, mas liga, sim. Você deve gastar mais tempo se arrumando do que eu. Você age como se fosse uma excluída angustiada e incompreendida, mas na verdade não é, tá bom? Você tem amigos e seu cabelo parece ter saído de uma coluna da *Teen Vogue* sobre "Como ter aquele visual punk rock". Então se enxerga, Ramona, porque tá todo mundo de saco cheio de te ouvir falar sobre como você é um floquinho de neve especial.

E o que ela diz parece correto o suficiente para me deixar sem palavras. (Será que sou pretensiosa?) Fico encarando-a. E aí o diretor aparece no corredor e nos lembra que devíamos estar na sala dele. E sou obrigada a ouvir o velho sermão sobre as expectativas da Saint Joe's em relação aos alunos, mas tudo que ouço é a voz provocadora de Emmalyn.

Tá todo mundo cansado
                De ouvir
                              Como você é
Um floquinho
                De neve
Especial.
                                        (pretensiosa)
                                    E se for verdade?
                    E se eu já tiver sido pega pela máquina?

Sam

O pai de Ramona a deixou de castigo depois da briga com Emmalyn Evans, então não vamos ensaiar esta semana.

Fiquei surpreso quando Tom me ligou na tarde de quinta-feira.

Gosto de Tom, mas nunca me ocorreu a ideia de passar um tempo com ele sem Ramona estar presente.

— Quer sair pra comer alguma coisa? — perguntou ele.

Fiz que sim com a cabeça, então lembrei que ele não conseguiria ver isso pelo telefone.

— Tá, beleza — respondi.

Estávamos esperando no drive-thru quando aconteceu: vimos o pôster.

— Odeio essas merdas — reclamou Tom. Ele apontou para a lateral do prédio, onde havia uma propaganda da rede de fast-food. Era para ser a imagem de uma mulher comendo um Snack Big, o novo lanche que estão vendendo, mas nem parecia que ela estava comendo.

Parecia que ela estava tentando dar uns pegas no sanduíche.

— Acho que ver uma mulher transando com um hambúrguer faz os homens comprarem o lanche — comentei.

— Odeio a sociedade — falou Tom. — Odeio, odeio mesmo. Toda essa merda misógina devia ter sido consertada muito antes de a gente nascer.

— Então acho que cabe a nós dar um jeito nisso. — Eu estava falando da sociedade, mas acho que Tom pensou que eu estava falando do pôster.

— Sam, você tem total razão — disse ele.

Então Tom saiu do carro, foi até o pôster e arrancou a garota e seu amante hambúrguer.

— O que rolou aqui? — perguntei quando ele voltou para o carro.

— A gente vai consertar o pôster, como você sugeriu — respondeu Tom. — Agora só paga a comida e age naturalmente. Tem material de arte na sua casa?

Eu não tinha materiais artísticos em casa.

A Grift Craft fica em Soulard, um bairro gentrificado na fronteira da cidade, e Tom me disse para não julgar tanto a loja por isso.

— Afinal de contas, eles ainda precisam ter lucro — justificou ele enquanto eu fazia a baliza.

Assenti, mas por dentro estava rindo por Tom achar que eu poderia julgá-lo por sua loja favorita de materiais para artesanato ficar em um bairro hipster.

Do lado de fora do carro, Tom recuou e fez um movimento dramático com o braço, mostrando o horizonte de prédios de tijolinho vermelho.

— Tem gente morando neste bairro desde o final do século XVII, e esse tipo de coisa é sempre legal — comentou Tom.

Assenti de novo, desta vez concordando plenamente.

O interior da Grift Craft parecia o jardim de uma bruxa urbana. Coisas pendiam de fios de pesca presos ao teto e se amontoavam em prateleiras. Não dá para ser mais específico. Espelhos refletiam a luz. Objetos de metal tilintavam e ressoavam uns nos outros graças às correntes de ar. Projetos artísticos ocupavam cada superfície, e as paredes estavam cobertas de molduras e prateleiras. Havia mil coisas para as quais olhar e mais mil pintadas ou rascunhadas, olhos de plástico ou de isopor me encarando de volta.

— Ramona comentou sobre este lugar — falei.

— É, ela adorou — disse Tom.

A loja tem um formato estranho, e os corredores fazem dela ainda mais estranha, mas ele me conduziu com facilidade até os estênceis nos fundos da loja.

— Então, qual vai ser a nossa mensagem? Quer dizer, talvez alguma mulher por aí queira transar com um hambúrguer, e tudo bem, mas as pessoas precisam perceber que estão sendo manipuladas. Como a gente mostra isso, Sam?

Ficamos parados diante dos estênceis, e Tom me lançou um olhar de súplica. Queria genuinamente saber minha opinião e ia ficar ali parado me encarando até eu me manifestar.

— A maioria das pessoas na verdade é bem esperta quando se lembra de parar para pensar nas coisas de fato — falei.

CONSUMA
CONSUMA
CONSUMA
E MORRA SEM PENSAR
A RESPEITO

Era o que dizia o pôster que colocamos na moldura do lado de fora do restaurante na noite de sexta-feira. Tom insistiu em traçar as palavras com glitter vermelho. Ao lado delas, a mulher continuava com o hambúrguer colado na cara. Não mudamos nada na imagem, mas agora mais parecia que ela estava sendo sufocada pelo sanduíche.

No dia seguinte, passamos pelo drive-thru no final da tarde e os funcionários ainda não haviam tirado o pôster.

— Esse é o maior elogio que a gente poderia receber — comentou Tom. — Ninguém avisou o gerente ainda. Significa que os funcionários gostaram. Você me ensinou uma coisa, Sam. Nunca devo esquecer que a maioria das pessoas, na verdade, é bem esperta e bem legal.

E eu finalmente entendi o que Ramona sempre soube.

Tom estava destinado a nos encontrar, assim como um meteoro está destinado a colidir com o que quer que esteja em sua trajetória.

Tom

Foi assim que Sara terminou comigo.

Ela me ligou no fim da tarde e disse que iria passar em casa. Finalmente havia economizado dinheiro suficiente para comprar o próprio carro. Pedira demissão do emprego no shopping para poder fazer um estágio na empresa do pai durante o verão.

As aulas nem tinham acabado ainda, mas eu mal conseguia vê-la.

(E, sim, agora é tudo óbvio para mim.)

Então esperei por Sara no alpendre e, depois que ela estacionou, desci os degraus. Eu a encontrei na calçada e lhe dei um beijo na bochecha. Sara começou a chorar.

— Tom, não faz isso — pediu ela. — Nem tenta.

— Tentar o quê? — perguntei.

Estava me sentindo como o namorado perplexo de um sitcom. Ela ficou lá chorando, e eu fiquei lá sem fazer nada.

— Você não gosta de mim desse jeito. Sei que não — falou ela.

— De que jeito? — perguntei.

— Você não quer transar comigo — respondeu Sara, parada na calçada em frente à casa de meus pais. — Deus, não que eu esteja pronta. Mas você... você... — Lágrimas se acumulavam nos cílios dela. Seu rabo de cavalo estava desmanchando, e o pôr do sol formava um halo com o cabelo mais solto.

Ela estava tão linda.

E estava certa.

— Você fica entediado quando me beija — acusou Sara. — Você me segura e nunca tenta fazer mais nada. Você sabe que é verdade.

— Eu te amo, Sara.

Eu sabia que era verdade.

— Sei que ama — falou ela. — Mas você é gay, Tom. E tudo bem, mas...

— Eu não sou...

— A gente precisa terminar.

— Eu não sou gay. — Coloquei as mãos nos ombros dela para manter nós dois firmes. — Só não me sinto desse jeito em relação a ninguém.

Pronto.

Falei.

Falei para Sara o que nunca tinha dito em voz alta para ninguém antes.

— Você não...

Ela franziu a testa e balançou a cabeça.

— Não sou gay. Não sou hétero. Só não ligo pra sexo.
— Você não liga. Pra sexo.

Ela disse isso como se eu tivesse dito que não ligava para a cura do câncer.

— Não sei por quê — falei. Tentei juntar todos os anos que passei refletindo sobre isso e despejá-los na frente dela. — Nunca desenvolvi essa obsessão por sexo que todo o universo tem. Nunca me interessou e só parece causar muitos problemas pra todo mundo. Mas eu te amo, Sara. Acho que você é muito inteligente e linda, e adoro estar com você. Só não quero transar com você.

Eu a encarei, e ela me encarou, e eu torci para que ela pudesse me aceitar.

— Não, Tom — disse ela. — Isso não é possível.
— É verdade. Eu…
— Você precisa pensar um pouco, Tom — afirmou ela. A frequência com que dizia meu nome estava começando a me irritar. — Todo mundo é sexual. Você tá em negação sobre alguma coisa, e não é justo com nenhum de nós continuar com esse relacionamento de mentira.

Ela me deu as costas e entrou no carro.

E eu a deixei ir.

Porque para mim nunca foi uma mentira,
Para mim nosso relacionamento tinha
sido tudo que eu sempre
quis,
Mas para ela faltava a necessidade humana mais básica.

Não havia nada a fazer além de deixá-la ir.

Depois disso, fiquei sozinho.

Até Ramona me encontrar.
E me apresentar a Sam.

(E eu começar a pensar que talvez fosse seguro me aproximar de alguém outra vez.)

Ramona

Já faz um bom tempo que não consigo tocar piano por diversão.

Nos últimos dez dias, passei todas as tardes sozinha com o piano no apartamento de meu pai.

Tocar sem praticar.

Tinha me esquecido de como era.

Bach é meu preferido. Ele é o rockstar da música barroca.

Também ando me permitindo tirar as músicas de Tori e Fiona que tocava obsessivamente aos 13 anos.

É tão bom estar no apartamento vazio e enchê-lo com músicas que amo.

Amo esta longa faixa de preto e branco,
a vibração e os estrondos
deste instrumento,
os pedais sob meus pés.

Quando eu era pequena, era assim que passava a maior parte do tempo.

Isso deixava meu pai feliz, e naquela época eu não tinha muitos amigos próximos. Naquela época, tocar piano parecia ser meu propósito.

Castores constroem represas.

Abelhas fabricam mel.

Ramona toca piano.

Meu mundo inteiro girava em torno do piano. Era minha alegria e minha paixão, e todos os adultos que eu conhecia elogiavam minha dedicação.

Então algo mudou, do jeito que as coisas sempre mudam.

Fiz o fundamental dois na McKinley, uma escola com currículo especializado em música. Durante todo o sexto e o sétimo ano, eu olhava com admiração para os músicos do oitavo. Se eles passassem nas audições, poderiam ter aulas de música avançada com a sra. Trundle, minha professora preferida. Os alunos de música avançada tocavam em conjunto e eram convidados a se apresentar com a Orquestra Sinfônica de St. Louis no Powell Hall, na primavera. O melhor aluno também fazia um solo.

Em minha cabeça pré-adolescente, fazer aquele solo no concerto de primavera era meu objetivo de vida.

Nas semanas anteriores à audição, treinei no piano feito uma condenada, e chorei de alegria quando fui aceita na turma. No primeiro dia do oitavo ano, minha perna tremia de nervoso debaixo da carteira em cada aula do dia, impaciente para chegar à última linha da agenda.

Então, finalmente chegou a última aula.

Entrei com tudo na sala de música e descobri que a sra. Trundle não estava lá.

No lugar dela, estava o sr. Jones. Ele tinha cabelo ruivo, uma gravata bizarra que parecia um raio e uma cabeça cheia de ideias novas. Parou diante da turma e estraçalhou todo o meu ser.

— Vocês estão aqui porque são talentosos e, portanto, dignos de serem desafiados. E isso significa sair da sua zona de conforto. O instrumento que usaram nas audições não será o instrumento que tocarão com a orquestra na primavera.

Fomos informados de que passaríamos os meses seguintes experimentando os instrumentos novos e, ao final do semestre, escolheríamos aquele que passaríamos a praticar para o concerto de primavera.

Eu odiava o sr. Jones.

Odiava a gravata e as palavras e a cara dele.

Eu o odiava com tanta força que você nem imagina.

Só vou cortar para a cena em que estou solenemente arranhando um violino no canto da sala de música; meus olhos gélidos focados no sr. Jones enquanto ele orienta um aluno ao piano, todo alegre.

Então chegou a sexta-feira.

Fomos informados de que, como recompensa, faríamos um círculo de percussão.

Eu odiava o sr. Jones e o jeitinho hippie idiota dele.

Mas o ritmo me pegou.

Eu tinha escolhido o bongô a contragosto, sem pensar, mas me vi fascinada pela variação de texturas do som. Os tambores não eram o instrumento simples que eu achava que fossem.

Eu odiava o sr. Jones, mas na segunda-feira fui até o canto onde ele guardava os instrumentos de percussão.

No concerto de primavera, toquei o xilofone, um instrumento de percussão que usa lâminas de madeira dispostas como um teclado. Era familiar o bastante para que o solo que eu cobiçava ficasse comigo com facilidade. Depois, abracei o sr. Jones com lágrimas nos olhos.

E disse a meu pai que definitivamente precisava usar o dinheiro que ganhava de aniversário para comprar uma bateria.

Ainda toco piano, mas toco bateria também.

Amar a bateria não me fez amar menos o piano.

Assim como Sam continuou em meu coração mesmo depois de eu me apaixonar por Tom.

Algumas coisas, ao que parece, continuam iguais mesmo quando outras mudam.

Sam

—

— Essa é a coisa mais legal que você já fez — disse Ramona. Estávamos na escola, na segunda-feira, debaixo da escadaria ao lado do departamento de música, onde nos conhecemos. Eu estava mostrando a ela a foto do pôster que tirei com o celular. — Meu pai me bota de castigo e na mesma hora você sai e faz a coisa mais legal de todos os tempos.

— Você saiu pra espalhar glitter com o Tom — lembrei a ela.

— É, saí. — Ramona pausou e inclinou a cabeça para o lado. — Quando eu saio com o Tom, a gente faz coisas sutis e discretas, mas vocês dois vão lá e fazem uma coisa provocativa e chamativa.

— O Tom é o tipo de cara que desperta o lado oculto de uma pessoa — falei.

Ramona sorriu.

— Agora você entende, né? Entende por que a gente precisava dele na banda.

— É — respondi. — Não sei como você sabia, mas você tava certa.

Ela sorriu outra vez e ajustou a mochila com os livros.

— Gosto muito dele — disse ela.

— É, eu também.

— Quero dizer... Eu quero dizer que gosto, *gosto* dele, Sam. Do Tom.

— Ah — falei. Como eu sou idiota.

— Tudo bem? Não quero bagunçar as coisas com a banda.

Ela deu de ombros e desviou o olhar, depois olhou para mim, mostrando os cílios. Tão linda.

Maldita Ramona, como pode ser tão linda?

— Claro que tá tudo bem — garanti. — Quero que você namore com quem quiser.

Quero que você namore comigo, foi o que eu não disse.

Uma expressão suave e tristonha tomou o rosto de Ramona.

— Você é um amigo tão bom pra mim — comentou ela.

O sinal tocou, nos lembrando de que era hora de voltar para a aula.

— Te vejo depois da escola, pra ensaiar! — gritou ela, depois deu meia-volta e subiu as escadas, para longe de mim.

Para longe
de mim.

Tom

Hoje vou passar o dia na casa de Ramona. Ela e o pai moram em um apartamento na cidade. É legal, mas é totalmente diferente da casa em estilo *brownstone* da mãe de Sam, que tem quatro andares e o tipo de gramado extenso que raramente se encontra em áreas metropolitanas.

A entrada da casa de Ramona dá para um pequeno gramado com uma estátua de Buda verde e sorridente sentado à porta. O interior é preenchido pelo piano de cauda e as estantes de livros do pai dela. É evidente que se trata de uma família dedicada às atividades intelectuais.

Estamos no quarto dela agora. O pai a lembrou de deixar a porta aberta. Ramona tem pôsteres de Chopin, Björk, Kathleen Hanna e Evelyn Glennie nas paredes. A colcha da cama é cor-de-rosa, bem menininha. Não esperava por isso.

— No fundamental um, eu estudava numa escola independente meio hippie onde a gente tinha uma aula chamada "Arte com materiais reaproveitados" — conta Ramona. — A gente literalmente ia pra uns lixões e fazia uns trecos. — Ela ergue uma lata enorme com uma mola comprida que dança logo acima do chão. — E ontem lembrei do dia em que fiz um negócio desses. — Termina com um floreio e sacode a lata.

A mola oscila e bate, ecoando dentro da lata, como se um vento retumbante e sinistro preenchesse o quarto. Parece o vento dentro de meu carro, o som que venho tentando, sem sucesso, replicar eletronicamente.

(Ramona deve ser a garota mais descolada que eu conheço.

Não sei por que eu disse "deve ser".

Ela é. A mais descolada.)

— Também sei fazer um pandeiro com tampas de garrafa — conta ela, depois se senta no carpete ao meu lado.

(Ela me lembra Sara,

mas, ao mesmo tempo,

nunca conheci ninguém como ela.)

— A gente deveria compor uma música em que você e o Sam tocam instrumentos caseiros. Eu gravo vocês dois e acrescento uns efeitos estranhos — sugiro.

— Isso! — grita Ramona.

Ela estende os braços, e a mola chacoalha.

Eu rio.

— Que foi? — diz ela.

— Você — respondo.

Estou sorrindo, e ela também.

Mas ainda sou pego de surpresa quando ela se aproxima e me beija.

Talvez eu devesse ter previsto isso, mas não sou bom com essas coisas.

Então preciso tomar uma decisão rápida.
Acho que talvez eu possa gostar de ficar com ela desse jeito
(mais ou menos)
e ela *é* a garota mais descolada que eu conheço.
Então nós nos beijamos.
E eu gosto.
Mas, depois de um tempo, é só
Meio chato.
Meio molhado.

Depois disso, ficamos de mãos dadas, o que me agrada, e conversamos sobre ir ao museu de arte com Sam, o que parece divertido.

E Ramona abre um sorriso secreto, deleitando-se com esse sentimento que eu só consigo entender parcialmente.

Ramona

Tom.
 Tom.
 Tom. Tom. Tom.
 Tom.
 TOM.
 Eu beijei Tom.
 Então sorrimos e conversamos e rimos, e, antes de voltar para casa, ele me deu um beijo de boa-noite e disse que me ligaria.
 Foi tudo tão natural.
 Tão certo.
 TOM.
 Tom. Tom.
 Não acredito que fiz mesmo isso.
 Cheguei mais perto e o beijei, como se fosse uma garota descolada e confiante.

Fiquei preocupada de ele achar meu beijo esquisito.

Na verdade, eu não beijava ninguém desde o oitavo ano.

E um cara como Tom, que é tão descolado... Ele deve ser muito experiente.

Mas ele me beijou de volta. Ele também gosta de mim.

Amanhã, depois da escola, vamos para a garagem de Sam fazer música juntos.

Vamos dar as mãos e rir.

Vamos ser namoradoenamorada e vai ficar tudo bem.

(E vou me esquecer da dor de quando olho para Sam.)

Sam

———

Sabia que este dia iria chegar, então foi fácil fingir que eu não me importava. Sabia que, algum dia, alguém olharia para Ramona do jeito como eu a olho.

Sabia que haveria alguém que ela também desejasse.

Não estou dizendo que isso não dói pra caramba.

Porque dói pra caramba, sim.

Dói pra caramba.

Lá estávamos nós, sentados no chão de minha garagem como se fosse uma quinta-feira normal, ouvindo a mixagem final de nossa melhor música. É a faixa mais profissional que já fizemos.

Tom estava sentado de pernas cruzadas e lamentou nossas férias de inverno, que começam mais cedo e duram *muuuuito* mais. Vamos nos livrar da escola três dias antes dele, mas voltamos para as aulas só dois dias depois dele.

Ramona estava com a mão apoiada no joelho dele.

E é incrível como esse simples fato mudou tudo.

A mão dela estava tão imóvel.

Imóvel de um jeito que Ramona nunca fica, nunca comigo.

Com os dedos dobrados sobre a patela dele, repousando na calça.

Hoje, na escola, ela disse:

— Eu e o Tom estamos juntos agora.

— Legal — respondi, como se estivesse tudo bem, e então passamos a conversar sobre outras coisas.

Aparentemente, Emmalyn anda ignorando Ramona, o que ela acha uma maravilha. Mas a única coisa em que eu conseguia pensar era que mais tarde eu estaria sentado aqui. Sentado aqui com os dois.

Ramona estava usando esmalte.

Ela nunca pinta as unhas. Deve ter feito isso ontem à noite (para ele), mas é claro que o esmalte já estava descascado.

Imaginei a mão dela sobre meu joelho — um peso suave e silencioso que me diz que ela é minha. Agora que pude vê-la com Tom, a cena surgiu em minha mente, comigo no lugar dele.

— Cara, essa música é incrível — disse Ramona para nós. Com os dedos sobre o joelho de Tom, não sobre o meu. — A gente é uma banda de verdade agora. Não só crianças brincando numa garagem.

Acho que era assim que ela pensava em nós antes de Tom chegar.

April and the Rain.
Só crianças.
Em uma garagem.
Talvez a banda seja melhor agora.
Talvez eu goste mesmo de Tom.

Mas, neste momento, queria que a gente nunca o tivesse conhecido.

Tom

Outra garota que quer de mim algo que eu não sei dar.

Outra amiga que morro de medo de perder.

Outra namorada.

Mas talvez as coisas sejam diferentes.

Talvez eu seja diferente.

Talvez agora eu sinta o que todos os outros parecem saber sentir intrinsecamente.

Talvez agora eu não estrague tudo.

E talvez Sam não me odeie por "roubar" Ramona dele.

Porque essa é outra coisa com a qual eu tenho que me preocupar.

É por isso que sexo parece um grande desperdício de energia para mim.

Na tarde anterior ao Dia de Ação de Graças, dirigimos juntos até Soulard em meu carro, com Sam no banco de trás. Estou com o gravador portátil que me permite capturar tudo, desde a chuva no telhado do alpendre até o som de minha mãe fritando bacon. Nosso plano é caminhar pelo bairro e perguntar a diferentes pessoas sobre as coisas pelas quais elas são gratas e gravar as respostas. Vou inserir uns efeitos nas vozes, e Ramona e Sam vão compor a música que vai tocar no fundo.

Estacionamos na Grift Craft porque sei que Teddy não vai se importar. Teddy é o dono. Assim que aprendi a dirigir, virei um cliente tão frequente na loja que Teddy e eu começamos a conversar. E conversar com Teddy me levou a longas discussões sobre música e arte, e agora ele me passa trabalho nos fins de semanas e me paga por fora. Ainda não mencionei para Ramona e Sam que tenho um emprego porque já sinto que vivo em uma realidade muito diferente da deles.

(Sei que isso é idiota e que eles não são do tipo esnobe, mas emoções não são lógicas, beleza? Além disso, talvez os dois me julguem por estocar lã no mercado clandestino.)

É um dia maravilhoso de outono: fresco e iluminado. As folhas douradas brilham contra os prédios de tijolos vermelhos. Universitários voltam para casa e se reúnem com os amigos de ensino médio, estacionando os carros e caminhando até os bares que enchem o bairro gentrificado.

Estão maduros, prontos para nossa colheita. Para nossa gravação. (Que seja.)

Fazemos alguns testes para ter certeza de que o gravador está funcionando, então pulo na frente da primeira jovem de vinte e poucos anos que vejo.

— Pelo que você é grata?! — grito na cara dela, que dá um pulo para trás, assustada, e pisca para mim.

— Pelo meu cachorro — responde a moça.

A amiga ri dela e a puxa pelo braço, arrastando-a para longe dos adolescentes doidos na rua com um microfone. Passo o gravador para Sam.

— O senhor é grato por alguma coisa? — pergunta Ramona para um transeunte. Ele é mais velho, cerca de 30 anos. Sam prepara o microfone debaixo do queixo do homem, que faz uma careta.

— Privacidade — resmunga o velho.

Desta vez, Ramona ri, e o gravador registra o som. Ela tem uma risada tão bonita.

Ramona sorri para mim e coloca uma mecha de cabelo atrás da orelha.

Aprecio a beleza dela, como um pôr do sol alvoroçado.

Eu deveria sentir algo mais do que sinto.

Sorrio de volta para ela.

Sam não está olhando para nós; está segurando o gravador diante de um grupo de jovens com cabelo platinado.

— Pelo que vocês são gratos?

— Meus amigos! — berra um deles.

— Eu também — digo.

Sorrio para Ramona e olho para Sam por cima do ombro. Ele fita nós dois e desvia o olhar, mas não parece estar com raiva. Passa o gravador para Ramona outra vez.

Ela sai correndo na direção de uma senhorinha que passeia com um poodle idoso.

— Ei, cara — chamo. Não consigo olhar para Sam e percebo que ainda não pensei direito no que quero dizer. — Não quero roubar ela.

— Não... — murmura ele. Ramona abre um sorriso em resposta à senhorinha e dá meia-volta, avançando em nossa direção. — A gente tá de boa, cara.

Não cruzamos olhares. Observamos Ramona correr de volta para onde estamos, com um sorriso radiante para nós dois.

Eu consigo.

Consigo equilibrar as coisas.

Ainda posso ter isso.

Ramona

———

— Então agora você está *namorando* esse tal de Tom? — pergunta meu pai.

— "Esse tal de Tom"? — retruco. — Ele é "*esse* tal de Tom" agora?

Estamos na cozinha. Tiro uma colherada de *jambalaya* da panela elétrica. Basicamente todos os pratos que meu pai faz são na panela elétrica. Passei a maior parte da vida sem ter ideia de que isso era estranho, mas agora acho que é estranho isso ser estranho, porque todo mundo deveria cozinhar com uma panela elétrica. É muito conveniente porque dá para preparar quase tudo nela.

Enfim.

— Sim, Moany — diz meu pai. — Ele é *esse tal de* Tom por enquanto, mas vai virar *aquele* Tom se eu achar algo de errado nele.

Reviro os olhos e me sento na outra banqueta da ilha da cozinha, de frente para ele.

E sim. Meu pai me chama de Moany. Ou, às vezes, Moany-Moans. Quando quer me provocar por reclamar demais, me chama de "Rainha ReclaMona". Esse aí me irrita pra valer.

— Ele é legal, pai — garanto. — Você vai gostar do Tom.

Em geral, meu pai é legal de verdade. E cozinha bem. Não deixe a história da panela elétrica te enganar.

— O Sam gosta dele?

— É claro que o Sam gosta dele! Você acha que eu seria capaz de gostar de um cara de quem o Sam não gosta?

— É um tropo bem comum nas histórias modernas. Quase tão comum quanto amigos platônicos que são secretamente apaixonados um pelo outro.

Sério, não reviro os olhos o suficiente para este homem. Quer dizer, ele sempre fala como se estivesse na rádio NPR e também acha que é sutil.

— Eu e o Sam somos amigos — explico a ele pela quadragésima milionésima vez, porque, deixando meus sentimentos de lado, é tecnicamente verdade. — O Tom é meu namorado e ele é legal e inteligente e único. E a gente começou uma banda nova juntos, nós três. Somos a Vandalized by Glitter agora. A gente tá fazendo um som mais completo, estranho e inovador.

— Bom — diz meu pai —, se você gosta dele, tenho certeza de que é um rapaz decente o suficiente, mas traga ele aqui em breve, ok? Quero conhecer *esse tal de* Tom o quanto antes. E garantir que esse namoro não vai atrapalhar suas aulas de piano. Sua mãe fez a primeira turnê quando tinha 21 anos, não se esqueça.

— Eu sei — digo. — Pratiquei por duas horas ontem e posso praticar três amanhã.

— E não esqueça que no fim do mês tem as provas finais. A escola é tão importante quanto o piano.

— Eu sei.

— Você é uma pianista talentosa, Ramona. Só quero que você atinja todo o seu potencial.

— Eu sei, pai — respondo.

O que eu não falo é: *mas eu também sou uma baterista talentosa, pai.*

Sam

Quando estou com Ramona, não é tão ruim.

Ela está tão feliz que ficou mais brincalhona do que o normal, e passo tanto tempo rindo que meio que esqueço o motivo de ela estar tão feliz. Quando eu a busco para irmos à escola, está mais acordada, dando risadinhas, e me conta sobre alguma coisa que viu na internet na noite anterior. Na escola, Emmalyn fez pelo menos uma coisa terrível a ser relatada e, no caminho para minha casa para o ensaio da banda, Ramona não para de compartilhar ideias e observações para a Vandalized by Glitter. Eu a desejo, mas sempre foi assim.

Quando estou com Ramona e Tom juntos é pior, mas não é tão ruim.

Eles agem quase do mesmo jeito e só se beijam na hora de se despedir, então sempre posso tentar perder o momento.

     É quando eu fico sozinho
    (E é sempre escuro nessa hora)
      Que fica ruim.
 E penso no quanto quero estar com ela. No quanto quero tocá-la e beijá-la. No quanto quero me sentar com ela e dizer, de um jeito rotineiro, "eu te amo, Ramona".
 Ramona.
 Ramona está com Tom.
 Não consigo odiar Tom. Tom é um cara legal. Tom é meu amigo.
 Ramona é uma garota bonita, é óbvio que Tom ia gostar dela.
 Mas eu quero estar com ela. Quero ser o cara, o cara que tem a chance de ter o amor dela, o cara que tem a chance de tocar seu rosto. Quero ser o cara que ela quer ter ao lado. O cara que ela chama de seu.
 Mas esse cara não sou eu.

Tom

Amo criar coisas. Amo pegar papel e tinta e criar uma imagem que existia apenas em minha mente, mas que agora posso mostrar para as pessoas e tentar explicar. É o jeito que encontrei de falar sobre meus sentimentos.

Amo música. Eu a sinto no peito, nas mãos e nos pés. Música é mais do que algo que eu ouço; é algo que acontece comigo. Posso me comunicar melhor com música do que com palavras.

Amo meus pais e meus irmãos. E, apesar de não me entenderem (não entendem mesmo), eles ainda me amam. Sei que tenho sorte de ter uma família, e eu os amo.

E amo Sam e Ramona. Não somos amigos há muito tempo, mas sinto que estávamos destinados a nos conhecer. Amo que Sam nunca fala a menos que tenha pensado por um tempo sobre o que vai dizer, para que possa se expressar do jeito certo. E amo que Ramona seja tão vibrante e cheia de pensamentos e emoções que as palavras não conseguem esperar a hora de sair de sua boca.

Amo conversar com eles sobre música e arte e o mundo. Amo fazer música com eles. Amo que estejam começando a fazer arte comigo.

Tem muito amor em minha vida. Não sinto que falte nada nela.

Não sei por que não sinto desejo sexual, mas não sinto.

Nunca aconteceu nada horrível comigo na infância.

Já contei isso para um médico e fui examinado. Não há nada de errado comigo.

Só que deve ter algo de errado, certo?

Certo?

Então eu deveria tentar ficar com Ramona do jeito que ela quer. Eu deveria tentar sentir desejo sexual. Talvez seja como um músculo que pode ser exercitado. Talvez eu só precise pegar no tranco e aí ainda serei eu mesmo, mas com essa experiência que todo mundo tem.

Ramona

De um jeito parecido com o oitavo ano, minha última aula do dia, a aula de orquestra avançada, seria a melhor parte da rotina escolar, se não fosse pela presença de uma pessoa.

Só que, se você acha que estarei abraçando Emmalyn no final do ano, comovida pela lição de vida que aprendi com a garota, então, bem, esta história não é para você.

Emmalyn toca violino. Na verdade, ela até que é boa.

Mas essa não é a questão. Ninguém disse que eu a odiava porque ela é uma musicista ruim.

Na Saint Joe's, a aula de orquestra avançada é basicamente uma sala de estudos para música. As pessoas se sentam nos cantos e praticam escalas musicais, ensaiam peças para testes futuros, esse tipo de coisa. Normalmente, Emmalyn e eu não interagimos muito na aula, embora eu ainda escute a risada irritante dela de tempos em tempos, e juro que ela faz de propósito sempre que eu passo por perto.

E hoje a querida roubou meu metrônomo.

Na verdade, é o metrônomo da escola, mas eu o estava usando. Eu me levantei para ir ao banheiro e, quando voltei, ele não estava mais no piano. Emmalyn estava praticando com o aparelho do outro lado da sala de música. Então a única coisa a fazer era marchar até lá e exigi-lo de volta.

— Como assim, *seu* metrônomo? — questionou ela, com a voz aguda que usa quando está sendo nojenta. — O metrônomo é da escola e é pra gente dividir. São dezesseis alunos e quatro metrônomos, e você agarrou um todo dia o semestre inteiro. A matemática diz que você tá monopolizando.

— Do que é que você tá falando? Matemática? — Minha voz devia estar começando a ficar elevada também, porque notei algumas pessoas olhando para nós. — Eu estava usando esse metrônomo. É um fato. E você não pode simplesmente pegá-lo de mim.

Estiquei o braço na direção do metrônomo na mesa ao lado dela. Emmalyn soltou um gritinho e bateu em minha mão com o arco. Não doeu, mas instintivamente recolhi a mão.

— Você é impossível. Parece uma criança de 5 anos! Sua mãe não te ensinou a dividir? — provoquei.

— Minha mãe morreu, sua vadia — retrucou ela.

E eu fiquei tão surpresa
que disse:

— A minha também.

Ficamos nos encarando e, por sorte, o sinal tocou.

Vou garantir um metrônomo amanhã. John tem pegado pesado comigo nas escalas e meu pai conta comigo. Emmalyn não vai entrar em meu caminho.

(Mesmo que a mãe dela esteja morta.)

Sam

— Ontem à noite, quando eu entrei na garagem, parecia que Ramona e Tom estavam de mãos dadas — comentou minha mãe.

Tínhamos pedido comida coreana e depois íamos comer o *crème brûlée* que ela fizera de sobremesa.

— É, eles tão fazendo isso agora — expliquei. — Não tem nada de mais.

— Eles estão juntos? — perguntou ela.

— Estão — respondi. — Mas não tem nada de mais, mãe.

— Você está bem com isso?

— Tô. Quer dizer, meio que preciso estar. Mas não é nada de mais.

— Me avisa se precisar conversar — ofereceu ela.

Depois disso, me concentrei em comer. Assim que terminei, minha mãe começou a guardar as sobras. Ela adora sobras e só cozinha quando é divertido.

Depois do divórcio, costumava dizer com frequência: "Me avisa se precisar conversar". Mas nunca consegui fazer isso. Ela já tinha problemas demais, e eu não queria ser mais um fardo.

Então, quando precisava conversar com alguém, recorria a Ramona.

Minha mãe pegou o maçarico culinário que comprou para derreter açúcar. Mexeu com o botão e o bateu na mesa.

— Como é que essa coisa funciona? — murmurou ela.

Uma vez por mês, meu pai me busca no sábado à tarde. Vamos a um jogo dos Cardinals ou a uma exposição nova no museu de arte. Depois jantamos em uma churrascaria cara. Meu pai me faz perguntas sobre a escola. Quer saber minha opinião sobre atualidades. Nessas noites, durmo no quarto de visitas do loft dele no centro da cidade.

De manhã, ele me leva para casa. Mesmo depois de ter me dado um carro, nossa rotina não mudou. Ele poderia me ver mais vezes se quisesse. Mas nunca me liga. Confia que o dinheiro que gasta vai me manter seguro durante o mês seguinte.

Quando morava com a gente, quase não parava em casa e ficava satisfeito com atualizações vindas de outra pessoa. Agora tenho um período de atenção focada de verdade.

Antes isso me irritava mais.

Porém conversar com Ramona me fez perceber que ficar irritado não adiantava nada.

Só servia para me magoar, sem nenhum efeito na situação.

Então não estou irritado com Tom por estar com Ramona.

Tom e Ramona se importam um com o outro, e isso é uma coisa boa.

Mas continuo sem ter alguém com quem conversar sobre o assunto.

— Não tô irritado com o Tom — afirmei, observando minha mãe passar a chama sobre o punhado de açúcar com delicadeza —, mas acho que queria estar no lugar dele.

Minha mãe não fez muito caso do que acabei de falar.

— Isso deve ser uma droga — disse ela enquanto desligava o maçarico. — Ramona sabe como você se sente?

Tom

Pois então.

Tinha muita merda rolando e, porra, eu precisava fazer arte.

Já é quase Natal e, por todo lado, as pessoas estão igualando bens materiais a amor. (Alguns dos comerciais me assustam.)

Então pensei em fazer um manifesto sobre o materialismo dos países desenvolvidos diante da fome mundial, porque, sabe, é Natal.

Decidi criar um pôster para o estacionamento do shopping. Algo para chocar as pessoas mostrando a elas o que eu sei — que algumas pessoas estão morrendo de fome enquanto outras estão comprando coisas ridículas.

Vou procurar a imagem mais triste que conseguir e, embaixo dela, colocar um texto do tipo "Pergunte a essa garotinha o que ela quer de Natal".

Então procurei por imagens de "criança faminta".
(Não pesquise "criança faminta" na internet.)
E aprendi que não sabia de nada.

Não sabia que uma criança podia ficar tão magra que me assustaria.

Eu não sabia. Eu não sabia.

Que bebês têm crânios e costelas e olhos capazes de gritar.

Eu não sabia
Somos todos esqueletos,
Cadáveres que andam por aí com carne-vida nos envolvendo por enquanto.

E basta apenas uma virada na balança para você estar apenas vivendo
ossos e
pele de papel.

Pronto para ser esquecido.

Não fosse pelos jornalistas com câmeras e adolescentes com algo a provar.

―――――――

Então.

Não fiz o projeto.

Porque meus problemas são que tenho uma namorada e um melhor amigo, meus pais querem conversar comigo enquanto jantamos juntos (coisa que fazemos toda noite), e eu acho que ir para a escola ocupa muito de meu tempo.

Tirei um pouco de dinheiro da minha poupança e o doei para uma instituição de combate à fome. Depois, desci as escadas e olhei para nossa árvore de Natal.

Fiquei ali sentado por muito, muito tempo.

Ramona

Na manhã depois do Natal, fiquei deitada na cama por um bom tempo. A luz tinha aquela atmosfera de inverno, de nuvens densas e frias. A vista de meu quarto dá para uma viela e a parede de tijolos do vizinho.

Nada de grama, nada de árvores, apenas o tijolo vermelho e o rejunte sujo, um suporte de ferro em forma de estrela e um pequeno triângulo de céu.

Amo a parede de minha janela. Já vi a luz do fim de tarde passear por ela em meio à tristeza e à alegria, e já a encarei à noite e me perguntei: *qual é o sentido da vida?*

Sei de uma rachadura especial em um certo tijolo.

Sinto que conseguiria enfiar a ponta de meu polegar em um cantinho lascado, mas acho que nunca vou saber com certeza, já que fica no terceiro andar.

O que estou tentando dizer é que você poderia tirar uma foto dessa parede e de mais um monte de paredes de tijolinhos vermelhos, e eu conseguiria saber qual é a minha. Facilmente.

O que estou tentando dizer é que amo essa parede de tijolos porque é a parede de tijolos que sempre esteve de frente para minha janela.

Mas poderia ter sido outra parede de tijolos em outro lugar. Ou uma cerca viva. Ou uma ponte.

Na manhã depois do Natal, fiquei deitada na cama olhando minha parede e pensei: *às vezes, o amor é assim*. É sobre um certo lugar e hora, circunstâncias que poderiam ter mudado. Tom diz que acha que os pais não gostariam dele se ele fosse filho de outra pessoa, mas é o filho deles, e o amam, então tudo bem. Tive amigos no fundamental que só eram meus amigos porque estávamos lá naquele mesmo momento e, quando deixamos de estar, deixamos de ser amigos, e tudo bem.

Pessoas que você não conhece se mesclam tão bem quanto os tijolos em uma parede do Pink Floyd.

Mas, quando conheci Tom, foi como se ele já fosse minha parede.

Ok.

Espera.

Foi como se eu tivesse tido um dia ruim e estivesse cansada. E aí finalmente voltasse para meu quarto no final do dia, visse a janela e lembrasse que já me senti mal assim antes, mas as coisas sempre voltam a melhorar, e que a vida acontece em ciclos.

Quando conheci Tom, foi assim que me senti. Como se a própria existência dele no mundo me lembrasse de que sou Ramona, baterista e pianista, que ia entrar na Artibus, sair do ensino médio e seguir minha vida como musicista. Uma musicista.

E ele me faz lembrar disso toda vez que o vejo.

Estou apaixonada. Por Tom. E por Sam, que eu sabia ser meu Sam assim que o conheci.

Algumas pessoas não acham que isso pode ser verdadeiro.

Mas eu acho.

Eu sou.

Eu amo.

Sam

Ramona precisa praticar muito no piano durante as férias escolares, então Tom e eu temos saído sem ela. Ele nunca fala sobre Ramona de um jeito que me deixa desconfortável. Você jamais saberia que são um casal, exceto quando ela está no mesmo ambiente.

É fácil fingir que não é verdade.

Tom ama a série de guitarras e instrumentos de corda que meu pai compra a cada Natal e aniversário meu. Ontem ele tocou a cítara e eu o banjo, e inventamos uma música chamada "Hamlet". A letra é "Palavras, palavras, palavras".

Na terça-feira, espalhamos glitter em um escorregador do parque. Agora, ele tem as palavras LIVRE PARA SER FELIZ escritas com glitter amarelo na lateral de plástico azul. Já faz três dias e a frase continua ali; é meio bonitinho o quanto isso deixa Tom feliz.

Hoje estamos na casa dele. O quarto de Tom é bem pequeno, mas ele cobriu cada centímetro das paredes com imagens e palavras, algumas grandes, outras pequenas. É um pouco opressivo, mas impressionante mesmo assim. Estávamos falando sobre as habilidades de Ramona como baterista, e ele comentou:

— Ela é mesmo uma percussionista pura. Não é surpresa nenhuma o segundo instrumento dela ser o piano.

— Na verdade, é o primeiro instrumento dela — corrigi.

— Bom, ela começou tocando piano, mas a Griselda é o instrumento principal dela agora — argumentou Tom.

— Não — rebati. — Pergunta pra ela. Ela vai te dizer que o piano é o principal instrumento dela.

Eu estava de pé, perambulando pelo quarto, examinando as paredes. "Arte é a verdadeira tarefa da vida", dizia um adesivo de carro perto de mim.

— Mas o coração dela pertence à bateria — insistiu Tom. Ele estava sentado no chão, apoiado na cama.

— É, eu sei. Mas pertence ao piano também, por causa da mãe dela, sabe?

— Ah — disse ele.

Mas não parecia que Tom sabia. Fiquei com a impressão de que Ramona não tinha dito muita coisa sobre a mãe para ele e não pude deixar de ficar feliz com o fato.

— O que é isso? — perguntei, tocando uma foto que não estava ali antes. Em uma primeira olhada, pensei que fosse algo de um filme de terror, mas percebi que era um bebê, magro feito um esqueleto e de olhos arregalados.

Atrás de mim, ouvi o assoalho ranger quando Tom se mexeu.

— Botei essa foto aí pra lembrar a mim mesmo que tenho sorte de ter mais do que eu preciso.

Ele parecia envergonhado, então deixei a foto de lado.

— Vamos fazer música — sugeri.

E assim fizemos. E foi ótimo. Porque Ramona tinha razão. Tom é um ótimo músico, e era nosso destino conhecê-lo e fazer amizade com ele, e os dois estavam destinados a ficar juntos.

É verdade.

Mesmo que eu queira estar destinado a ficar com Ramona também.

(Também?)

Tom

—— Você precisa participar do show de talentos dos formandos —— disse Ally Tabor no primeiro dia de volta às aulas.

Ela está de braços dados comigo no corredor, como se fôssemos melhores amigos que sempre andam juntos.

—— Oi, Ally. Minhas férias foram ótimas, obrigado por perguntar —— respondo.

(É engraçado ela me abordar hoje. Andei pensando no romance de duas semanas e meia que tivemos, por causa de Ramona e tudo o mais. Minha mãe estava me fazendo participar de pelo menos um clube naquele semestre porque eu "precisava fazer amigos". Fui para as reuniões do clube de teatro e, por algum tempo, Ally quis andar de mãos dadas comigo, até não querer mais. No semestre seguinte, minha mãe não me obrigou a fazer parte de um clube.)

— Por favor, Tom! Por favor. Se a gente não tiver muitos interessados este ano, pode ser que não tenha um show dos formandos no ano que vem. — Ela fica de olhos arregalados diante dessa terrível possibilidade.

— E já que a gente não vai estar aqui ano que vem... — digo.

— Tom, o show não é só sobre a nossa turma. É sobre todas as turmas que já... — E aí ela começa a tagarelar sobre tradições e sobre passar o bastão. Como eu disse antes, Ally leva a presidência do clube de teatro muito a sério.

— É só apresentar uma das suas coisas de música, Tom — sugere ela enquanto me deixa na porta de minha próxima aula.

— Coisas de música? — rebato, revirando os olhos.

— Você vai acabar participando. Espera só — declara Ally. — Sei que, no fundo, você tá morrendo de vontade de mostrar sua música pros nossos colegas e tenho um plano de longo prazo pra te vencer pelo cansaço. Tchau!

Então ela sai para a aula, ou para conquistar uma pequena nação.

Não vou participar.

Ramona

Já faz um bom tempo que Sam e eu não ficamos sozinhos juntos.

Só que não. Ficamos sozinhos no carro dele na ida e na volta da escola todos os dias, mas não é um trajeto longo o suficiente para termos uma conversa profunda. Na escola, nós nos sentamos sozinhos (juntos) enquanto comemos, mas na hora do almoço não dá para conversar muito a sério porque os alunos ficam jogando batata frita uns nos outros.

Depois da escola, Sam e eu estamos sempre com Tom. Adoro passar tempo com Tom, mas sinto falta de passar tempo só com Sam.

Na segunda-feira, durante o ensaio da banda, disse a Sam que a gente deveria ir assistir ao filme de artes marciais sobre o qual ele andava falando, mesmo sabendo que eu não iria gostar do filme. Estávamos conversando sobre cinemas e horários quando, do outro lado da garagem, Tom gritou que deveríamos ir na sexta-feira, e fiquei muito irritada por dois motivos:

Tom nem sabia de que filme estávamos falando. Sam tinha me contado a respeito dele naquela manhã e aquilo era para ser uma coisa só nossa. Além disso,

Eu andava esperando que Tom e eu pudéssemos ter um encontro de verdade na sexta-feira. Passamos o tempo todo com Sam, e eu adoro isso, mas meio que queria dar uns amassos em Tom.

Não que eu também não queira dar uns amassos em Sam, mas esse é um problema totalmente diferente, e a questão é que eu *posso* dar uns amassos em Tom, só que não, por causa de Sam.

Enfim.

Fiquei muito irritada com tudo isso, então só disse: "beleza". Depois fui até minha bateria e comecei a tocar "My Generation" bem alto. Sam e Tom trocaram olhares, e fiquei mais brava ainda. No fim das contas, eles se juntaram a mim, mas aí Tom começou a mudar a melodia, e então todos nós começamos a meter o louco e ficou divertido e eu esqueci que estava brava. Por um tempo.

Sam

Na sexta-feira, fomos todos para o Delmar Loop e vimos o filme de kung fu sobre o qual eu tinha comentado com Ramona. Foi incrível. As pessoas que tiram sarro de filmes de artes marciais só não viram o filme certo ainda.

Esse era o caso de Tom.

— Mano. Mano — repetia ele enquanto saíamos do cinema. — Mano, eu não fazia ideia. Sempre tinha pensado que artes marciais não eram, sabe, arte.

Estava escuro do lado de fora. As ruas estavam lotadas de gente entrando e saindo de restaurantes étnicos e lojas de marca. Tom acompanhava meu passo; Ramona estava andando um pouco atrás de nós. Dava para ver que ela não havia gostado do filme. Também estava quieta, sem nos dizer por que não tinha gostado.

— Não sou um cara agressivo, sabe? — continuou Tom. — Filmes de artes marciais nunca me interessaram porque não tenho interesse em lutas. Mas, durante a maior parte da história humana, lutas eram parte corriqueira da vida. E, em algum ponto do caminho, algumas pessoas transformaram isso numa arte. Acrescentaram esses valores morais de técnica e honra.

Mais adiante, um grupo de adolescentes perambulantes estava sentado em uma fileira, encostados em uma loja de discos antigos. Um deles tocava uma guitarra com o estojo aberto diante de si. De canto de olho, vi Ramona enfiar a mão no bolso da calça. Seu rosto estava atipicamente inexpressivo, nada Ramona.

— Aquele filme era sobre respeito e autodisciplina — continuou Tom.

Paramos na frente do estojo da guitarra. Ao lado do cara tocando estava uma garota com dreadlocks. Uma de suas mãos, coberta por uma luva, repousava no joelho do cara. Conforme nos aproximávamos, vi os dois trocarem sorrisos. Do outro lado da garota, outro cara repousava a cabeça no ombro dela. Ela também segurava a mão dele, que usava a outra luva. Todos pareciam ter pouco mais de 21 anos e tinham aquele cheiro punk pesado de suor e maconha. Tom e Ramona jogaram uns trocados no estojo da guitarra. Não achei que o cara era muito bom, então não me senti obrigado.

— Vou ter que repensar minha definição pessoal de arte agora — concluiu Tom quando voltamos a andar. — Amo fazer isso.

Atrás de mim, ouvi Ramona dar uma risada estranha e baixinha.

— A gente deveria sair pra tomar um café no domingo de manhã — sugeri.

Tom nunca acorda cedo se não for obrigado. Ele nem sequer considera essa opção.

— É — concorda Ramona. — Parece ótimo.

— Deus, quero fazer isso — falou Tom.

— Fazer o quê? — perguntei.

— Quero fazer o que aqueles caras tão fazendo. — Ele gesticula com a cabeça para os punks fedidos. — Quero fazer um mochilão por uns anos, só com o necessário pra viver. E só viver.

E aí começou um de seus discursos ideológicos, do tipo que normalmente me inspira. Mas a única coisa em que eu conseguia pensar era Ramona. E em como ela estava tão quieta.

Tom

Ando
aos poucos absorvendo uma força da natureza.
Meus músculos aos poucos ganham massa,
preparando-se para agir.
Todos os lugares em que nunca estive.
Toda a arte que quero fazer.
Todas as mudanças que anseio ver.
E ao meu redor vozes me dizem para esperar, esperar.
Esperar.
Mas dentro de mim eu ouço: "Preparar, apontar..."
Quero correr.
Quero dirigir pela América.
Quero escrever.
Quero fazer música que ninguém nunca ouviu.
Estou pronto. Deixe-me ir.
Porque tenho medo de que, se eu não partir em breve,

as vozes ao meu redor vão ganhar mãos
que empurram e puxam.
Ao erguer a perna para dar o primeiro passo,
o chão diante de mim se tornará um caminho.
Um caminho com um labirinto de paredes,
um destino do qual não posso escapar,
um destino que nunca desejei.
Por que ninguém acredita em meu medo?
A vida segura e sã me apavora.
Preciso de liberdade.
Preciso de sorte, de acaso.
Preciso viver uma vida de aprendizado,
uma vida que nunca atinge um destino final.
Quero trabalhar.
Quero fazer do mundo um lugar melhor.
Mas não quero fazer isso vivendo do jeito que a maioria
das pessoas escolhe.
Quero a escolha de escolher
Meu Viver.
Minha Vida.

Ramona

Sam e eu vamos ao lugar que gosto de chamar de "nossa cafeteria". Fica em um desses bairros onde as pessoas compram casas antigas que reformam para deixá-las fofas e na moda, mas onde às vezes, se você tiver sorte, ainda dá para esbarrar em pessoas tendo discussões inapropriadas na rua.

Os subúrbios nunca são bons para observar pessoas.

Enfim.

Nossa cafeteria expõe obras de artistas locais. Em geral, são obras minimamente legais, mas as de hoje são horríveis. É o tipo de fotografia cujo autor parece ter pensado *se eu deixar em preto e branco, fica conceitual!*

— Tá — falo enquanto nos sentamos a uma mesinha. Aponto para a foto ao lado, que retrata uma garota de nossa idade posando em uma ferrovia. — Certeza que essa aí foi tirada como foto de formatura.

— Provavelmente. Medíocre pra caramba — concorda Sam.

Senti tanta saudade dele, penso.

— Faz um tempo que a gente não sai. Sem...

— É — concorda ele.

O cara atrás do balcão grita: "Peterson!", e Sam se levanta para pegar nossos cafés. Eu o observo de costas, pensando que sempre conseguiria reconhecê-lo, mesmo por trás.

— Então — começo quando ele volta a se sentar —, como é que você tá?

Sam faz seu gesto de indiferença com um ombro só.

— Nada que você já não saiba.

— Certo.

Meu coração murcha. Pego quatro sachês de açúcar mascavo, despejo-os em minha xícara e mexo até formar um redemoinho forte o bastante para puxar o líquido para o centro mesmo depois de erguer a colher.

Bebericamos nosso café. Meu olhar vaga pela cafeteria. Nunca é assim com a gente. Normalmente, consigo falar sobre qualquer coisa com Sam.

— E você... tá bem? — pergunta ele.

Ele está olhando para a mesa, mexendo no açúcar que derrubei.

(Os cílios longos e escuros dele.)

— Tô — respondo. — Tô bem.

— E você e o Tom tão...

— Bem — respondo automaticamente. — Bem. Quer dizer... — Dou um gole generoso e queimo a língua. Preciso conter uma careta. — Às vezes.

Ergo os olhos para Sam.

Ele parece preocupado e interessado e lindo.

(Os cílios dele.)

Volto a olhar para a mesa.

— Às vezes, eu me pergunto se ele quer mesmo ficar comigo — digo, por fim.

Sam

Ramona, doce e hiperativa. Balançando a perna de nervoso debaixo da mesa, preocupada que alguém não queira ficar com ela.

— É claro que ele quer ficar com você.

Tom é louco por ela. Vive rindo das coisas que Ramona diz. Fala o tempo todo sobre como ela é uma excelente musicista, como é descolada.

— É só que… ele… — Ramona deu de ombros e limpou o açúcar da mesa. — Não sei explicar. Mas o Tom não parece muito empolgado… pra ficar comigo.

Ramona, incapaz de explicar alguma coisa pela primeira vez na vida.

Ramona, maravilhosa demais para compreender o quanto é maravilhosa.

— Tem caras que são só tímidos com essas coisas — argumentei. — Tem caras que não querem parecer insistentes.

Ela assentiu e deu de ombros ao mesmo tempo. Ramona sempre foi Ramona.

— Você e o Tom não são exatamente machos alfa — falou ela, abrindo um sorriso. — É por isso que gosto tanto de vocês dois.

Meu coração estava batendo com tanta força. E eu sabia que isso não significava nada.

— Só... sabe. Seja você mesma. E o Tom vai chegar lá — disse e assenti, como se tivesse dado um conselho de verdade.

— É — concordou ela. — Você tem razão. Valeu.

Não me candidatei para a Artibus. Não me candidatei.

Não quero estudar lá. Não quero fazer faculdade de música. Não quero passar sufoco para ter uma carreira musical. Não preciso de uma vida empolgante e não sei se ia querer uma. Gostaria de viajar, mas não porque estou em turnê. Quero poder comprar uma casa legal o suficiente e ter mais de dois filhos. Talvez quatro.

Quero fazer música, mas quero fazer só porque quero, não porque preciso. E, às vezes, alguns dias, seria algo que eu não iria querer fazer. E isso só se eu fosse um dos poucos sortudos que conseguem ter uma carreira.

Ramona respira música. Ser uma musicista profissional seria como ser paga para ser Ramona.

Ela vai chegar lá. Ela tem talento e tem motivação.

Eu só tenho um pouco de talento e não tenho motivação.

Eu me conheço.

Não me candidatei para a Artibus. E não posso contar para Ramona.

— Tô feliz que a gente fez isso — disse ela quando nos levantamos e levamos as xícaras de café de volta para o balcão. — Posso falar com você sobre qualquer coisa.

Ramona

É Dia dos Namorados, e algumas garotas passaram o dia carregando flores de aula em aula, cheias de orgulho. Eu carregava em segredo a expectativa de Tom.

Emmalyn tinha balões. Seis balões enormes, vermelhos e borrachudos, e um outro gigante e metalizado que ama qualquer pessoa que consegue ver. O namorado de Emmalyn é o capitão da equipe de debate e vice-presidente de turma. É o tipo de garoto que fica posando feito nobre na aula de educação física. Ele faz umas demonstrações de afeto grandiosas e chamativas para Emmalyn, mas nunca parece prestar atenção nela de verdade. Nos corredores, parece que ele a ignora na maior parte do tempo. Eu me sentiria mal por ela, se me importasse.

Enfim.

Dez minutos antes das aulas acabarem fui até onde Emmalyn estava praticando e perguntei se ela queria usar o metrônomo, porque eu já tinha acabado. Ela assentiu, então deixei o metrônomo com ela e fui embora.

Só fiz isso porque estava cansada de praticar escalas e ignorar a dor em meus dedos. Tenho sentido cãibra nas mãos de tanto praticar. John anda pegando pesado de novo, me dizendo que, se eu quiser ser profissional, preciso me esforçar ainda mais.

— Sua mãe ficaria tão orgulhosa de você — disse meu pai ontem à noite. Ele não fala dela com muita frequência, então sei que estava falando sério.

Lembro de tocar piano com minha mãe. Ela começou a me ensinar quando eu tinha 4 anos. Mal me lembro das primeiras lições. Como ela morreu quando eu tinha 9, só pude conhecer dois lados dela: o de mãe e o de pianista. Nunca pude ouvi-la falar sobre política ou atualidades. Sei que músicas ela amava, mas não sei a quais filmes e livros de gente grande ela teria me apresentado. É difícil para mim imaginar o que ela pensaria das coisas.

Por exemplo, não sei se ela aprovaria o que Tom e eu estamos prestes a fazer. Meu pai com certeza não aprova, então as chances são mínimas.

Vamos bombardear St. Louis com amor hoje.

Tom e eu andamos pela calçada de mãos dadas, apenas um jovem casal apaixonado carregando uma sacola de compras. Em uma esquina, Tom precisa parar discretamente e amarrar o cadarço. Ele coloca a sacola no chão e mexe com os cordões. Enquanto está amarrando o cadarço esquerdo e depois o direito, eu me agacho e pego a sacola por um momento, depois enrolo a parte superior para fechá-la outra vez. Tom termina de amarrar os cadarços. Ele pega a sacola e seguimos sem frente.

———————————

— Aqui está o seu presente — anunciou Tom ao me entregar a sacola de papel em minha casa. Olhei para a sacola e depois de volta para ele. Sabia que devia haver alguma coisa lá dentro, mas ainda não tinha entendido nada. — Olha no fundo — acrescentou ele.

Foi quando eu vi. A sacola era um estêncil.

— Desculpa, ainda não usei — disse Tom. — Você mesma vai ter que fazer isso.

Ele abriu a sacola e colocou uma lata de spray cor-de-rosa dentro dela.

———————————

Somos apenas um jovem casal apaixonado caminhando pela rua. Atrás de nós

**O AMOR É
TUDO
DE QUE VOCÊ PRECISA**

está secando na calçada.

Sam

Está na época de degelo do fim de fevereiro. Hoje o sol estava quente, e as sarjetas estavam cheias de neve suja derretendo.

— Tá bom, tá bom, tá *boooom* — repetiu Ramona. — Talvez, antes de a gente pensar numa definição definitiva do que é "música boa", a gente precise pensar numa declaração sólida do que é "música ruim".

Nós dois estávamos deitados no capô do glittermóvel de Tom, logo depois do meio-dia. Dirigimos até o estacionamento de uma igreja abandonada, absorvendo vitamina D e conversando sobre música. Tom estava fazendo o que ele chamou de "alongamentos de ioga leves e centrados" no teto do carro. Reconheci as poses lótus e cachorro olhando para baixo da fase de ioga da minha mãe.

— Música ruim é… — Tom expirou lentamente. — Música ruim é desonesta.

— Música ruim *é* desonesta — repetiu Ramona.

— Já vi músicos honestos que são bem terríveis — argumentei. Estava pensando na banda da minha mãe, a Whatevers.

Minha mãe era a vocalista da Whatevers, mas, depois de dois shows, ela descobriu a reflexologia e a banda foi ficando de lado. No show que eu assisti, elas cantaram uma música de country alternativo chamada "Catfight". Nem quero descrever a coisa, mas minha mãe estava se divertindo, e a banda gostava mesmo de tocar aquela música horrível.

— Música desonesta é ruim — declarou Ramona —, mas nem toda música ruim é desonesta.

— Agora a gente tá chegando em algum lugar — falou Tom.

Não consegui dizer se ele estava sendo sarcástico. Ele se deitou na postura do cadáver. O sol banhava bem o carro, e meu corpo estava se lembrando da sensação do verão. Fechei os olhos.

— Música ruim não te faz *sentir* — pontuou Ramona.

— Música boa sempre te faz sentir — acrescentou Tom —, mas música ruim também pode fazer uma pessoa sentir alguma coisa. Você nunca ouviu um carro cheio de gente cantando junto uma música pop genérica? Todo mundo tem uma música secreta.

— Música secreta? — Ramona e eu dissemos ao mesmo tempo. Abri os olhos e troquei um olhar com ela, depois caímos no riso.

— É! — exclamou Tom. De repente, a cabeça dele apareceu acima de nós. Ele tinha se deitado de barriga para baixo. — Aquela música que você morre de vergonha de admitir que curte! Que vai contra tudo em que você acredita como músico, mas não consegue não dançar quando toca.

— *Aaaah* — disse Ramona. Ela estendeu o braço e cutucou o nariz dele com o indicador. Ele fingiu mordê-lo, e ela riu. Voltei a fechar os olhos.

— Você tá falando daquelas músicas que não quer que toquem no modo aleatório quando seus amigos estão com você — continuou Ramona. — Não sei se precisa ter dança no meio. E não acredito que você tenha só uma música secreta, Tom. Eu tenho no mínimo três. Quatro? Talvez quatro durante o verão. É, quatro no verão. E você me convenceu de que "Owner of a Lonely Heart" deveria ser uma música secreta. Droga, agora são cinco!

— Eu só tenho vergonha de uma música — disse Tom. — Mas é uma vergonha tão profunda que eu jamais vou confessar qual é.

Assim que ele disse isso, eu soube que Ramona jamais conseguiria seguir vivendo até descobrir qual era a música secreta de Tom. Soube que passaria o resto da tarde ouvindo os dois rindo e discutindo. Então continuei de olhos fechados. Ouvi os dois e consegui rir também.

— Me dá uma dica sobre a sua música secreta — resmungou Ramona.

— Você já sabe que é uma música pop de 1978 que faz eu me sentir inspirado — respondeu Tom. — E eu não sei nada sobre as suas dez músicas.

— São só quatro! Quer dizer, cinco!

Quando Ramona me perguntou, eu disse que minhas músicas secretas eram "I'd Do Anything for Love", do Meat Loaf, e "Just Like Heaven", do The Cure.

— The Cure é incrível, mano! Essa não é uma música secreta — argumentou Tom enquanto Ramona ria e ria, arfando "Meat Loaf!" sem parar.

Quando Ramona riu, o capô do carro sacudiu. Meu cérebro passou a tarde toda gravando (apreciando) cada um dos movimentos sutis dela ao meu lado. De olhos fechados, não tive que ver Ramona olhar para Tom, mas conseguia conversar com os dois e amar o som da respiração dela. Ouvi eles se beijarem uma vez, embora Ramona tivesse continuado ao meu lado no capô. Tom deve ter se curvado e, quando Ramona se mexeu, encostou a coxa na minha por um bom tempo. Meu corpo absorveu esse contato como se estivesse ávido por ela. Com os olhos ainda fechados, imaginei que tinha sido eu quem fizera a respiração dela parar.

Senti o sol se mover por trás das árvores. Sabia que, se abrisse os olhos, seria ofuscado pelo reflexo do glitter. Ramona admitiu que gostava de cantar "I Got You Babe" no verão, e Tom revelou que os vocais de fundo de sua música secreta eram fornecidos por membros da banda Chicago. As vozes dos dois foram ficando mais baixas conforme o sol ia baixando, e o afeto na voz de Ramona ficou mais fácil de ouvir.

Reconheci o tom dela.

Era o que ela usa quando me explica coisas sobre o pessoal da escola, como por que todo mundo achou uma tragédia quando o pai de Craig deu um sedan para o filho depois de ele bater com o conversível.

É assim que Ramona fala comigo quando eu a deixo em casa pouco antes do horário em que ela precisa voltar, ainda com o motor ligado, mas por algum motivo continua rindo de tudo que eu digo e sorrindo de um jeito lindo, e não consigo acreditar que ela realmente queira passar tempo comigo. Fazer música comigo.

A voz de Ramona era terna, carregada de amor.

— "My Life" — falou Tom baixinho. Houve uma pausa.

— Do Frank Sinatra? — perguntou Ramona.

— Não — respondeu Tom. — Do Billy Joel.

Abri os olhos. O sol estava começando a se pôr.

— Você *só pode* estar brincando com a minha cara! — gritou Ramona.

Tom deslizou para fora do teto do carro e revirou os olhos.

— Não é tão estranho assim — resmungou ele enquanto entrávamos no carro.

— É, é, sim — insistiu Ramona.

Tom virou o carro em direção à minha casa. Minha mãe estava fazendo bife Wellington para o jantar e queria a ajuda de Tom e Ramona para comer, se o prato desse certo e a gente não acabasse pedindo comida coreana.

No banco do passageiro, Ramona se virou para mim para ter certeza de que eu estava ouvindo do banco de trás.

— Ele usa efeitos sonoros. Vocês dois entendem o que eu tô falando? Efeitos sonoros. Tipo motor de carro e apito de fábrica. Espera… é por isso que você gosta de Billy Joel, Tom? Por causa dos efeitos sonoros?

— Não ligo pro que você diz — falou Tom antes de começar a cantar a letra.

Só consigo pensar na voz de Ramona.
Sempre soube que ela me amava,
porque, sabe, amigos amam
um ao outro. Mas a voz dela.
Pela primeira vez em anos, eu me pergunto
sobre o impossível.

Tom

———

Ainda tenho o número dela em meu telefone (e todas as mensagens antigas).

— Oi — diz ela. A voz soa estranha, cautelosa e nova outra vez.

— Oi — respondo. — Tudo bem?

— Tudo. — Conversamos algumas vezes nas primeiras duas semanas depois que ela terminou comigo. Essas conversas foram horríveis e assumo totalmente a culpa por terem acontecido. Fico aliviado por ela pelo menos ter atendido. Parece aliviada por meu tom de voz ser cordial. — E você?

— Tudo bem — digo. — Eu tava pensando se você queria sair pra tomar um café qualquer dia desses. Só como amigos. Tô namorando uma pessoa.

— Eu adoraria, Tom — responde Sara. — De verdade.

Concordamos em nos encontrar em uma cafeteria em Central West End, o bairro onde a família de Sara mora. Tennessee Williams, T. S. Eliot e William S. Burroughs também cresceram aqui. Não acho que Sara vai acabar sendo escritora, mas vai deixar uma marca no mundo. Tenho certeza disso.

Chego lá primeiro e me adianto, fazendo o pedido por nós dois. Sara gosta de café forte da Etiópia, sem açúcar nem creme. Sara nunca se atrasa, então sei que a bebida ainda estará fumegante quando ela chegar. Estacionei bem na frente da cafeteria e, quando ela se aproxima da porta de vidro, vejo que nota meu carro e sorri.

Já dentro da cafeteria, ela vasculha o ambiente com o olhar até me encontrar. Estou em nossa mesa, onde sempre nos sentávamos.

— Oi — cumprimenta ela. Não há cautela em sua voz; está simplesmente feliz em me ver.

Sara se senta e ajusta o rabo de cavalo, bem como eu sabia que ela faria. Ainda está usando o uniforme da Saint Joe's, mesmo que já sejam quatro e meia da tarde, porque teve reunião do grêmio estudantil depois da aula e ficou até ainda mais tarde para lidar com alguma emergência relacionada ao bazar de confeitaria de primavera. Já sei que, antes de Sara assumir o cargo, havia apenas um bazar anual de confeitaria beneficente na Saint Joe's. Agora, são três por ano, e cada um deles foca uma questão diferente. Sob a orientação de Sara, todos os produtos vendidos vêm com um panfleto falando sobre a importância de telas para mosquitos e vacinação ou sobre a necessidade continuada de apoio em regiões onde terremotos e tornados aconteceram um ano atrás.

É isso que torna Sara tão especial. Ela beberica o café supercafeinado e fala com entusiasmo sobre educar os colegas de classe abastados sobre a pobreza no mundo. Não há nenhum rancor em sua voz, nenhuma malícia. Ela está usando todas as ferramentas que tem à disposição para fazer do mundo um lugar melhor. Agora é o grêmio estudantil, mas algum dia pode ser a maior organização sem fins lucrativos do mundo. A humanidade precisa de pessoas como Sara. De pessoas sinceras que são capazes de trabalhar dentro do sistema e fazer os outros se organizarem em nome do bem maior. Tenho quase certeza de que não existem muitas pessoas por aí capazes de fazer isso.

Amo conversar com Sara. Ela é uma excelente ouvinte, o que significa que ouve de verdade, em vez de esperar sua vez de falar, e assente e faz careta e sorri, e dá para ver que ela se importa de verdade com o que você está dizendo.

Conto a ela sobre a ideia que tive no Natal, de fazer algum tipo de comentário sobre a cultura de consumo norte-americana, e sobre como desisti do projeto depois de perceber que era só um menino rebelde privilegiado querendo provocar os adultos.

— Mas você não deveria desistir — diz Sara. — A mensagem continua sendo boa. Você recebeu uma dose de realidade quando viu a foto do bebê passando fome. Agora use esse sentimento. Fale por aquela criança.

Conto a ela sobre ter conhecido Ramona e Sam, sobre nossa banda e sobre como estou fazendo a melhor música que já fiz por causa dos dois.

— O Sam parece ser um amor. Mas não conheço bem a Ramona — comenta Sara. — Ela parece muito intimidadora. Fico me sentindo uma nerd perto dela.

— A Ramona é fodona — concordo —, mas é legal. De verdade. E o Sam, ele é doce e quietinho, mas é mais do que isso. É um cara incrível.

Balanço a cabeça e sinto os cantos da boca se curvarem para cima ao pensar neles, meus melhores amigos.

— O Sam é incrível, então? — Os olhos de Sara faíscam. Ela coloca a xícara na mesa e se inclina para a frente, com ar de expectativa.

— É — digo. — Ele com certeza é meu melhor amigo. E a Ramona. Ela é minha namorada agora.

Os músculos ao redor dos olhos de Sara espasmam.

— Tom.

— Eu quero ficar com ela — falo, porque é verdade. Quero estar com Ramona. Já me apeguei ao toque dela. Gosto do cheiro dela. Beijá-la é bom, e eu a amo.

— Por que você me convidou pra vir aqui? — pergunta Sara. — Tá tentando provar alguma coisa?

— Não! Tava com saudade de você. Tenho saudade de ser seu amigo.

— Também senti saudade, Tom. E quero ser sua amiga. Tô pronta pra te ver dessa forma agora. Mas você precisa aceitar sua sexualidade.

— Não tenho uma sexualidade! — digo a ela, gritando, então acho que estou dizendo isso para todo mundo.

Sara olha ao redor, nervosa, e leva um dedo aos lábios.

— Tom...

— Você foi a primeira pessoa que eu conheci com quem eu queria conversar e que eu queria ver todo dia — continuo, abaixando o tom de voz. — Você foi a primeira pessoa que pareceu me entender e me aceitar. Queria estar com você mais do que já quis estar com qualquer outra pessoa. Amava ficar abraçado com você. E até gostava de te beijar, porque eu te amava. Mas, como meu corpo não tem interesse em fazer mais do que isso, você me deixou. Isso fez com que meu amor fosse menos valioso pra você. Achei que nunca mais iria me sentir desse jeito. Até conhecer a Ramona. E o Sam. Eu os amo. Quero estar com eles.

— Eles? — pergunta Sara.

— É — respondo.

Sara balança a cabeça.

— Tom, você precisa mesmo esclarecer essa situação.

— Sei exatamente quem eu sou — digo.

— E a Ramona sabe?

Fico em silêncio. Começo a beber meu café, e Sara deixa o silêncio se assentar. Ela pega a xícara e dá um gole generoso.

— Preciso ir — anuncia ela. — Foi bom botar o papo em dia, Tom.

Ramona

Você já conheceu alguém e sentiu que essa pessoa seria importante na sua vida? É como se, sem saber disso, você tivesse passado a vida toda esperando para conhecê-la e então a reconhecesse com a mesma facilidade com que reconhece o próprio reflexo.

Isso aconteceu comigo duas vezes.

Não existe um poema de amor para isso.

Sam está jogando videogame, e Tom conectou o kaossilator para fazer música com os efeitos sonoros do jogo. Nem preciso dizer que a música não se parece nem um pouco com a sonoplastia original, mas ainda assim combina com a história de aventura de um jeito divertido e pungente.

O riso discreto de Sam. A gargalhada travessa de Tom. Ah, como eu amo os dois.

Estou esticada no sofá atrás deles depois de um ensaio incrível em que levamos nossa música a outro patamar *outra vez*. Meus músculos do braço doem e, quando eu voltar para casa, vou ter que praticar a "Transcendental Étude No. 10" de Liszt mais uma vez, porque John diz que eu já devia tê-la dominado com perfeição a essa altura. De verdade, nunca estive tão feliz, porque minha vida nunca esteve tão cheia de música e amor, mesmo que, sim, isso doa.

Com o controle do jogo, Sam acerta o golpe final com a espada, e a música de Tom infla dramaticamente, de um jeito hilário. Os garotos dão um high-five.

Amo o jeito como eles riem juntos. Amo que Tom é capaz de deixar o delicado e sonhador Sam empolgado. Amo fazer música com eles, em dupla ou em trio. Amo escutá-los quando fazem música juntos. Amo que Sam é capaz de fazer o hiperativo Tom parar e pensar, assim como faz comigo. Amo quando eles me provocam juntos.

Eu os amo. A amizade deles está no centro do labirinto de minha mente, e o amor dos dois é o estandarte mais alto em meu coração. Amar um não diminui o amor que sinto pelo outro. Não há um limite para a quantidade de amor que sou capaz de sentir.

Não há um limite para o quanto eu posso amar, e essa consciência me faz querer voar. Deitada aqui no sofá, sinto como se pudesse sair voando para longe.

Os garotos riem e sorriem um para o outro.

Esse amor me faz querer amar mais a todos. *Todos.*
E me faz querer pelo menos parar de odiar Emmalyn.
— Você consegue, cara! — exclama Tom. — Agora de volta pra Hyrule!

A música eletrônica parece gritar de encorajamento também. Sam ajusta os ombros e se debruça sobre o controle, determinado. Meus braços relaxam no sofá; minha respiração desacelera. Eu os vejo juntos e sinto o coração batendo, devagar e sempre.

Sam

Hoje mais cedo me sentei ao lado de Ramona no banco do piano e fiquei virando as folhas da partitura para ela. Como também sei ler música, não foi muito difícil, mas ela ainda teve que me dar uns toques de vez em quando. Às vezes eu me distraía, notando quão ágeis seus dedos precisavam ser para pegar as notas que eu via na página e transformá-las nas notas que eu estava ouvindo, esticando os polegares, o terceiro e o quarto dedo tão longe ao longo das teclas.

Entre uma música e outra, ela sacudia e alongava as mãos, alongava os braços por cima da cabeça, alongava os dedos até as pontinhas, todo seu ser focado em seu corpo, tranquila e forte, Ramona.

Às vezes seu seio roçava em meu braço quando ela fazia isso também.

Quando terminou de praticar, Ramona saiu do banco e se jogou no chão da sala de estar. A sala do apartamento não é lá muito grande, e o piano ocupa bastante espaço. Ela correria o risco de se machucar se já não tivesse tanta prática no gesto. Acho que passou a vida toda se jogando daquele banco de piano.

— Tom quer me ensinar ioga — comentou Ramona. O tom de voz deu às palavras mais gravidade do que a declaração devia ter tido.

— Ah, é?

Continuei sentado no banco do piano. Tinha uma boa visão de Ramona de lá.

— É. Ele sempre quer fazer coisas físicas comigo. — Com sorte, não fiz uma careta quando ela disse isso, mas Ramona logo acrescentou: — A gente faz muita escalada urbana. O River des Peres foi divertido. A gente fez um sino dos ventos com uma roda de bicicleta e umas garrafas de vidro que achamos lá.

— Legal.

— A gente faz muita arte. E ouve música. E conversa bastante. Depois ele me deixa em casa.

Fiquei com a sensação de que Ramona estava tentando me dizer alguma coisa, ou talvez estivesse tentando dizer a si mesma, mas nenhum de nós estava entendendo a mensagem.

— Parece divertido — comentei.

— E é — concordou ela, mas alguma coisa estava errada.

Ela chegou mais perto. Saí do banco do piano e me deitei ao seu lado.

Ficamos em silêncio. Ela suspirou. Eu ouvi. Quis ficar mais perto daquele som.

O braço dela roçou o meu enquanto relaxávamos no chão.

Fechei os olhos.

— É legal ficar parada — sussurrou ela. — Nunca fico parada com ele.

Eu estava tão focado nela que pude ouvir seu cabelo roçando o carpete quando ela virou a cabeça em minha direção. Imaginei que estava olhando para mim. Mantive os olhos fechados e esperei que Ramona dissesse algo.

Ela não disse nada. Ficou parada comigo outra vez.

Comigo.

Olhando para mim. Sua respiração acelerou de leve. Não consegui conter o sorriso lento que franziu meu rosto. Ramona suspirou, e pensei que fosse por mim. Ramona suspirou, e eu estava afundando no chão enquanto minha alma voava para além do teto. Ramona suspirou, e eu percebi que nunca soube como ela se sentia a meu respeito porque nunca tive nada com o que comparar, porque sempre fomos só nós dois, parados lado a lado.

Tom

―――

De repente, é primavera. É a época da primavera quando as pessoas dizem que floresceu. Pássaros estão construindo um ninho no teto do alpendre de meus pais, e mesmo o capim-colchão está verde outra vez. Também anda ventando muito, o tipo de vento que me faz querer correr, dirigir longas distâncias. Na escola, os professores deixam as janelas abertas, e o resto do mundo, o resto de minha vida, parece tão perto e tão distante.
Estamos todos deitados no chão de concreto da garagem com a porta aberta para a brisa. Alguns momentos atrás Ramona disse:

— Em quatro meses vamos nos mudar para os dormitórios da Artibus.

E ninguém falou nada. Só ficamos pensando nossos pensamentos.

Não vou para a Faculdade Artibus. Não acredito que já pensei que talvez fosse para lá, porque não vou fazer faculdade em lugar nenhum. É inacreditável eu ter pensado que faria. Que poderia.
Quero ser educado. Quero ler livros no momento que escolher. Quero ouvir compositores clássicos e jazz moderno e dirigir pelo país. Quero fazer minha música e minha arte e distribuí-la como presentes às pessoas que conhecer.
Não quero uma carreira, só ser capaz de encontrar trabalho quando precisar.
Não quero comprar uma casa.
Não sei se algum dia vou querer uma família.
Quero ir desvendando a vida conforme ela acontece.
Quero traçar meu próprio caminho.
Quero encontrar minhas próprias ambições
e lutar pelo que *eu* valorizo.
Sim.
Talvez algum dia minha mente mude, mas não posso me forçar a planejar um futuro que sei que não desejo agora.
Fazer planos não traz segurança; só faz
você sentir que o futuro lhe deve alguma coisa.

Aperto a mão de Ramona, e ela aperta a minha. Eu lhe devo uma explicação sobre por que não fiz nada depois que ela colocou minha mão sobre o seio esquerdo dela ontem à noite. Eu lhe devo alguma coisa. É isso que significa estar em um relacionamento e, se eu não puder dar isso a ela, preciso dizer agora. Em breve.

    Sei que, se quiser viver a
    vida que desejo, está na hora
    de ser honesto sobre mim mesmo.

— Não vou pra Artibus — conto a eles.

— Do que você tá falando? — resmunga Ramona. — Você tem que ir pra faculdade com a gente!

Ramona

———

— Não posso — fala Tom. — Me desculpa.
Levanto o tronco rápido demais. Minha cabeça gira.
Cada um de um lado, os garotos se levantam.
— A gente tem que ir — digo a eles. — *Todos* nós.
Temos que continuar unidos. Temos que
manter a música unida.
Não posso entrar em queda livre na vida adulta sem
eles.
Sem Sam, como vou me manter sã?
Sem Tom, como vou ser corajosa?
— Não vou pra faculdade. Acho que
sei disso já faz um tempo.
— Ah, não, Tom — reclamo.
— Ramona — diz Sam. — Tem uma coisa
que eu também preciso te contar. Desculpa, mas eu…
Sam não vai estudar na Artibus. Tom
nem sequer vai fazer faculdade.

Estou caindo. Estou derretendo. Mal estou ouvindo. Minha segurança foi estilhaçada. Minha rede de segurança foi desfeita. Minha cabeça foi preenchida com cimento. Meu coração foi incendiado. É coisa demais para lidar, coisa demais para segurar.
— Gente — digo —, não tô me sentindo bem. Alguém precisa me levar pra casa.
E vamos juntos, do jeito que
eu pensei que era para ser,
exceto que agora estou
sozinha.

Sam

Ramona faltou à escola depois que eu disse que não ia estudar na Artibus e nem mesmo cursar música.

Eu devia ter contado a ela que nunca me candidatei para a Artibus. Podia ter dito a ela quando preenchi o formulário de inscrição da Universidade de Saint Louis, ou mesmo quando minha carta de aceitação chegou. Qualquer momento antes teria sido melhor, mas, quando Tom jogou aquela bomba, eu soube que não podia mais esperar.

Depois da escola, Tom apareceu em casa e ficamos sentados na garagem silenciosa.

— A gente deveria ter contado antes pra ela — falei para Tom, que assentiu.

— Sabia que ela ia ficar decepcionada, mas nunca pensei que ela ficaria tão arrasada. E achei que ela ainda teria você.

— E eu achei que ela teria você. Você não vai mesmo pra faculdade?

Ele deu de ombros.

— Talvez algum dia. Quero viajar e estudar por conta própria primeiro. Mas isso não significa que vou deixar de estar com você e a Ramona.

Eu me senti sorrir.

— Também não vou deixar isso acontecer — prometi.

Meu pai vive uma vida de caixas ordenadas.
Ele escolhe as pessoas que entram em sua vida com base na função esperada
que elas podem oferecer a ele.
Ele me ama, com limitações.
Amo Ramona por quem ela é, por amar música e seres humanos com tanta coragem.
Ela ama Tom pelos mesmos motivos que eu: por sua paixão e seu idealismo, sua vulnerabilidade oculta.
Meu pai ia querer que eu separasse Ramona e Tom.
Ele me faria guardar Ramona na caixa da Namorada e trancafiar Tom bem longe dela na caixa de Apenas Amigos.
Meu pai tem muito pouco amor na vida.
Meu pai nunca teve amigos como Ramona e Tom.

No dia seguinte, Ramona apareceu na escola. Ela sorriu e disse "oi". Tamborilou os dedos na mesa de piquenique e conversou sobre a aula de matemática, mas estava óbvio que tudo continuava errado. Uma chama havia se extinguido; os sorrisos dela eram lentos demais. Sua esperança para o futuro se transformou em medo.

Mandei uma mensagem para Tom. Ele me disse que tinha um plano.

Estava torcendo para que ele dissesse algo do tipo.

Tom vai saber o que fazer por nossa Ramona.

Tom

Há um galpão abandonado perto do rio Mississippi, com janelas altas, compridas e quebradas que absorvem todo o sol da tarde. Descobri esse local semanas atrás, mas não sabia o que faria ali. Era um lugar para fazer uma declaração; disso eu sabia.

Ramona precisa de uma declaração. Ela acha que o ensino médio será nosso fim, o fim da Vandalized by Glitter.

Está na hora de dizer a ela (a eles) o que eu sinto.

Ontem comecei a fazer o estêncil. Hoje é o dia da execução.

Mandei o endereço para Sam, mas os dois levam uma hora para me encontrar pelas ruas não usadas e pelos prédios abandonados da indústria de embarcações fluviais.

— Tom? — chama Sam, parado à porta quebrada. Ele posiciona uma das mãos sobre os olhos, estreitando-os diante da luz do sol. Ramona, pálida e silenciosa, espia atrás do ombro dele. — É você, Tom?

— Aqui — respondo. — Entrem.

Eles andam em minha direção, e vejo seus olhos viajarem de meu rosto para atrás de meu ombro, para a parede de tijolos esmigalhados às minhas costas.

Com tinta no tom de azul mais vívido que consegui encontrar, pintei três círculos entrelaçados na parede de tijolos vermelhos e sujos. Cada círculo compartilha uma parte com os outros; cada círculo tem uma parte no centro.

Debaixo do desenho, acrescentei: *PENSE DIFERENTE. AME MAIS.*

— Então, na minha interpretação — explico —, Ramona é o coração. E, Sam, você é o nosso sinal de igual. Eu sou o ponto de interrogação.

Aponto para um de cada vez. Estou nervoso. A coisa que estou prestes a dizer é meio que importante.

— E os círculos. Somos todos uma pessoa própria. Somos todos parte um do outro. Somos todos nós juntos. Quando eu estou com vocês, vejo o mundo de maneiras novas. Sou menos cínico. Acho que me conectar com vocês meio que, tipo, abriu meu coração. Eu me importo mais com as outras pessoas, mais com todo o mundo. O que eu estou tentando dizer é...

De repente, a verdade do que estou prestes a dizer me dá a confiança de que preciso.

— Isso não é só uma coisa de ensino médio — conto a eles. — Passei a vida inteira esperando pra conhecer vocês dois. São parte de mim agora e, não importa pra onde cada um de nós vá, sei que vou ter vocês para sempre.

É como se eu tivesse me soltado do trapézio primeiro e não sei se eles vão querer me pegar ou não.

Eles chegam mais perto de mim.

Ramona toma minha mão e depois a de Sam. Toco Sam no ombro. Ele encontra meus olhos e assente.

Ficamos parados juntos sob a luz do sol que se derrama sobre nós.

Ramona

A mãe de Emmalyn levou muito tempo para morrer. Foi assim que Ava Schumacher me relatou a história no banheiro feminino. Sei que é estranho eu ter perguntado a respeito disso para ela, mas também foi um pouco estranha a avidez de Ava para me contar. Mas eu precisava saber.

Minha mãe também levou muito tempo para morrer.

O câncer atinge o corpo como as ondas do mar. Ele recua, vai embora como o outono e renasce na primavera. Assim como a esperança, ele se deixa ficar.

Minha mãe morreu quando eu tinha 9 anos, e eu lembro dela de dois jeitos.

Lembro dela ao piano, tocando para mim, me ensinando, me tocando, as teclas, meus dedos, seus dedos. Sua voz no meu ouvido enquanto praticávamos, baixa e encorajadora, firme, mas sem repreensão.

Lembro dela no sofá, doente demais para se levantar e se sentar ao piano. Eu tocava para ela até ela sorrir. Seus sorrisos eram frágeis, quase sempre sonolentos. Lembro dos ossos em seu rosto, do tremor em seu peito, do sussurro de suas respirações. Lembro da cama de hospital onde nos deitávamos juntas, da partitura e do teclado eletrônico.

Tenho uma outra lembrança marcante daqueles anos. Fui para uma escola independente hippie que incentivava o pensamento livre e uma alimentação saudável. Meus colegas de turma não eram ridiculamente ricos, mas todos sabiam ler, e eu só mais ou menos.

Podia te dizer todos os sons das letras. Isso não era um problema. Não tive dificuldade na hora de aprender isso. Mas, assim que as letras se juntavam para formar palavras, eum ep er dia.

As l etr as se mo viam e se reo rga niz avam
e
o *d* peq ue no era idê ntico ao *b* pe q ueno db db db

No começo, eu levava mais tempo para ler do que meus colegas, mas, como eu continuava sendo obviamente brilhante, ninguém se preocupava. Mas, de repente (um dia, tão de repente, assim me pareceu), eu estava ATRASADA na leitura. Não conseguia terminar as tarefas de leitura a tempo, ou sequer terminar de fato. Os professores recomendaram que meus pais buscassem um DIAGNÓSTICO.

— DISLEXIA?! — exclamou minha mãe. — Mas ela sabe ler música direitinho.

Ela estava bem o suficiente para ir à consulta. O lenço floral que usava na cabeça era a coisa mais alegre no consultório, até dizer aquelas palavras e eu sentir o rosto esquentar.

Tinha sido fácil fingir. Quando minha mãe me fazia perguntas sobre as notas, eu sabia seus nomes. Quando as olhava individualmente, sabia ler a nota, cantarolar o tom. Mas, quando me sentava ao piano e tentava t o ca r a s no tas para mostrá-las, meus ol hos não conseguiam ac omp na har.

Mesmo assim, quando minha mãe se sentava para me ajudar com a peça, tudo o que eu precisava fazer era observar suas mãos, então sabia o que fazer. Não levou muito tempo até eu conseguir olhar fixamente, s em ent end e r, a partitura e tocar de memória a música que eu tinha sido instruída a aprender.

Quando minha mãe entendeu o que estava acontecendo, não ficou brava. Ficou de coração partido. Sentiu que tinha falhado comigo.

— Eu devia ter percebido. — Ela não parava de dizer.

De novo, tentou me ensinar a ler partituras, mas cada aula terminava em lágrimas.

Eu ainda tocava para minha mãe quando ela se deitava no sofá. Tocava todas as músicas que sabia de cabeça. Mas seus olhos continuavam tristes, mesmo quando sorria. Quando eu lhe disse que não fora minha intenção mentir para ela, minha mãe me abraçou e disse que sabia, que sempre me amaria e teria orgulho de mim.

Meus pais contrataram uma tutora de leitura que vinha duas vezes por semana. O nome dela era srta. Judy. Ela cobria textos com cartões para que
eu pudesse ver uma
l e t r a
      por vez. Depois uma
palavra
      por vez
até eu conseguir ler linhas de texto em voz alta em uma velocidade lenta, mas razoável.

Foi mais ou menos nessa época que minha mãe teve que voltar para o hospital. Eu não sabia, mas ela não ia voltar para casa. A srta. Judy queria que eu lesse por vinte minutos todos os dias, e de repente meu pai começou a agir como se aquilo fosse mais importante que o piano.

Abri o berreiro duas vezes porque meu pai não me deixava ir ao hospital até eu terminar a leitura do dia.

Minha mãe parou de responder ao tratamento, mas havia um medicamento experimental que os médicos queriam tentar.

Quando falei sobre tocar piano, ela não respondeu com a avidez de costume. Queria saber como andavam minhas leituras. As leituras estressantes e angustiantes... Parecia que era só com isso que todos se importavam agora.

Por fim, meus pais me contaram que os médicos iriam transferi-la para a ala terminal. A ala terminal não era um novo jeito de lutar contra o câncer. A luta tinha acabado; o câncer tinha vencido.

Minha mãe continuava viva, mas sua vida tinha acabado. Ela viajara pela Europa em turnê como musicista profissional; tivera um marido e uma filha. Não fora uma vida ruim, mas havia acabado e era tudo que ela teria.

Eu era a única filha de minha mãe e, quando ela sorriu para mim em sua cama terminal de lençóis cor-de-rosa, percebi que, a menos que eu aprendesse a ler partituras, meu futuro promissor como pianista chegaria ao fim. Eu poderia amar música, poderia sentir que vivia para a música, mas nunca seria uma musicista se só soubesse tocar o que havia aprendido observando minha mãe.

Todos os dias depois da escola, eu fazia a prática de leitura de vinte minutos, e depois meu pai e eu íamos visitá-la. Havia um teclado no quarto dela, sempre configurado para o modo piano de cauda, e com ele minha mãe me ajudava a praticar a leitura de partituras por horas, até nós duas ficarmos cansadas demais para continuar.

Até minha mãe não continuar mais a existir.

Passei no terceiro ano do fundamental com uma nota mediana em leitura.

E estava tocando tão rápido com as antigas partituras de minha mãe que meu pai pensou que valeria a pena substituir a srta. Judy por um instrutor de piano.

Enfim.

Essa é a história de como minha mãe morreu e eu me tornei musicista.

Não sei como a mãe de Emmalyn morreu, mas sei que é a história de como Emmalyn se tornou a pessoa que é hoje e é a história de cada pessoa que ela virá a ser.

E como sou uma pessoa com uma história, alguém que é mais do que a pessoa que sou nos meus piores momentos, sei que não posso julgar Emmalyn porque não a conheço de verdade. Conheço apenas algumas das ações dela nos últimos anos.

Então, mesmo que eu nunca a abrace, talvez valha a pena fazer as pazes com ela antes de nunca mais nos vermos de novo. Estamos prestes a começar a vida adulta. Talvez ela também queira começar a dela com a consciência limpa.

Sam

— Ei — chamei. Havíamos acabado de sair da via expressa, então abaixamos os vidros das janelas e balançamos os braços pelo ar e sob a luz do sol. Tínhamos saído mais cedo da escola e a tarde era nossa.

— Ei — respondeu ela, sorrindo para mim, sem suspeitar de nada.

Desviei o olhar outra vez e subi os vidros das janelas para que ela conseguisse me ouvir bem.

— Eu te amo — falei. Só tive tempo de dar uma olhada na expressão de surpresa dela. Tinha decidido fazer isso enquanto estivesse dirigindo, porque dirigir me ajuda a relaxar, e dessa forma ela não conseguiria ir embora até eu terminar de dizer o que tinha a dizer. — Desculpa se isso for um problema. Quero que a gente seja amigo não importa o que aconteça. Mas, de qualquer jeito, eu te amo, e talvez eu esteja louco, mas acho que existe uma possibilidade de você me amar também. Então, se é isso mesmo, acho que a gente deveria ficar junto.

— Sam, você tá falando sério? — perguntou ela.

— Tô — respondi. Assenti para reforçar o ponto.

Então nos deparamos com um sinal vermelho, e desacelerei o carro até parar.

— Eu também te amo — declarou ela.

Nunca tinha ouvido a voz de Ramona tão baixa.

— Sério?

Eu me virei tão rápido para encará-la que meu pescoço estalou. Quando olhei para ela, Ramona estava rindo de mim e havia lágrimas em seus olhos.

— Ah, Sam...

Tirei uma mão do volante e a repousei sobre a mão de Ramona, que abriu a boca de leve. Atrás de nós, alguém buzinou e nós dois pulamos de susto. Tive que desviar os olhos dela e focar a estrada.

— Mas, Sam, eu também amo o Tom. Sei que não deveria ser possível amar sinceramente duas pessoas ao mesmo tempo, mas é verdade. Eu juro que amo.

— Eu sei! — falei. E sei mesmo. Ramona é cheia de amor. De novo, tive apenas uma chance de dar uma olhada em sua expressão de surpresa, mas meu discurso estava preparado e eu estava pronto para lançar as palavras: — Eu também amo o Tom. Não tenho sentimentos sexuais por ele, mas eu o amo. Ele é muito importante pra mim. É alguém que eu quero ver e com quem quero conversar todo dia, assim como você. Eu te amo, e ele ama você, e eu sei que ele também me ama, e acho que a gente pode dar um jeito nisso. Quer dizer, a gente vai ter que conversar sobre isso com o Tom, obviamente, mas, se todo mundo ama todo mundo, por que isso seria um problema? Por que não podemos todos ficar juntos?

Meu *timing* foi perfeito, e entramos no espaço de estacionamento do lado de fora do condomínio. Tirei as chaves da ignição e me virei na direção de Ramona. A mistura de emoções no rosto dela era tanta que não consegui extrair nenhuma informação.

Ela pausou, ainda com lágrimas nos olhos, e então disse:

— Você tá falando sério sobre isso, não tá?

Assenti.

— Lembra da semana passada, quando a gente tava deitado no chão da garagem, juntos? — perguntei. — Você tava segurando a mão do Tom, e eu tava do seu outro lado e pensei que, se eu pudesse segurar sua mão também, ficaria feliz. Não me incomodaria que você também estivesse segurando a mão dele, porque também o amo. Então, sim, se o Tom não tiver problema com isso, eu tô falando sério. Ramona, você é extraordinária. Você é inteligente e hilária e cheia de vida. Não quero ser seu dono. Só quero ficar perto de você e te amar.

Quando usei a palavra com A de novo, repousei a mão sobre a dela outra vez e aguardei.

— Ah, Sam, não sei. Só não sei — disse Ramona. Então ela começou a chorar de verdade, e pude abraçá-la enquanto chorava em meu ombro e me explicava tudo o que não sabia.

Tom

—

— TOM!

Fecho meu armário com tudo e me viro.

— Ally?

— Você esqueceu que hoje era o último dia de inscrição para o show de talentos dos formandos?

— Não esqueci.

— Então você vai passar na sala da srta. Beasley antes do almoço?

— Não vou.

— TOM!

— Ally — começo —, eu te agradeceria pela preocupação, mas você não quer que eu me apresente no evento por minha causa. Isso é sobre o seu legado, não o meu.

Estou prestes a dar as costas para ela rumo ao refeitório quando seu grito autoritário me detém outra vez.

— TOM! Isso é verdade pra maioria das pessoas de quem eu ando enchendo o saco nas últimas semanas. Mas no seu caso tô sendo sincera.

Não respondo e isso parece ser todo o encorajamento de que ela precisa.

— Você sempre se manteve afastado. Deve ter sido melhor, porque você não combina com a maioria das pessoas e sabe disso.

De novo, permaneço em silêncio, e ela continua:

— Tom, eu sempre te admirei. Sério. Você é diferente. Todo mundo sabe disso. E pra maioria das pessoas isso é intimidador, mas passei a vida toda tendo dois ótimos pais me dizendo que sou incrível, então não ligo. Enfim, como a maioria das pessoas se sente intimidada por você, a maioria delas nunca te deu uma chance de verdade. *Agora* é a sua chance.

— Tchau, Ally — digo. Começo a me virar, mas ela agarra meu braço.

— TOM! Isso é sobre o seu legado! Você não vai voltar. Você não vai estar nos encontros da turma. Você sabe disso; eu sei disso. Essa é a sua única chance de dizer pra todo mundo: "Este sou eu!". Quem se importa com o que eles pensam?

— Eu não.

— Exatamente.

— Ally...

— Termine o ensino médio empinando o nariz pra todo mundo que te desprezou. Declare sua identidade

de esquisito e mande um *sayonara*. Só porque você deu às pessoas algo para lembrarem, não significa que é você quem vai se lembrar.
— Ally...
— Tom?

Ramona

Há uma praça logo em frente ao meu condomínio. É para lá que levo Tom para termos nossa conversa.

— Eu brincava aqui quando era pequena — conto a ele.

— Ah, é?

Ele sabe que estou agindo de um jeito estranho e está com uma expressão preocupada. Continuo falando.

— Crianças do subúrbio têm quintais e *talvez* tenham um balanço — digo. — Mas eu tinha um playground completo e um lago com patos.

Eu me sento no banco de frente para o trepa-trepa. Tom se joga ao meu lado, com a cabeça pendendo. Está com a mesma cara que tinha no dia em que nos conhecemos, infeliz e solitário.

— Tom? — chamo.

— Sim?

— Eu te amo.

Nunca dissemos isso um para o outro antes, não explicitamente. Ele estava encarando os joelhos. Agora, ergue a cabeça e encontra meus olhos.

— Eu também te amo — diz ele, mas faz isso como se estivesse pisando em uma armadilha.

— Mas você não me deseja, né? — pergunto, mas mantenho o olhar firme e gentil. De novo, ele se joga no banco e encara o chão.

— Eu devia ter te contado — confessa ele —, mas, quando contei para Sara, ela me abandonou. Não quero perder você, Ramona.

— Não vou te abandonar, Tom — prometo. — Isso não é amor.

Tom inspira fundo, trêmulo, e meu coração se parte por ele.

— Não é que eu não deseje *você*, Ramona. É que não desejo ninguém. Nunca desejei. E acho que nunca vou desejar. Nada aconteceu comigo. O médico disse que não tem nada de errado com meu corpo. Por favor, acredita em mim. Eu sei que te amo, e acho mesmo que tô apaixonado por você. Mas sexo não é uma coisa que eu posso te dar. Só não tenho isso dentro de mim.

Levo um momento para pensar a respeito.

Parece uma coisa que poderia acontecer no curso da natureza.

Ele é o mesmo Tom; eu só não sabia disso sobre ele antes.

Ainda quero ficar com ele. Só vou ter que ajustar como o vejo, o que espero dele.

— Ok.

— O quê?

Dou de ombros.

— Quer dizer, *eu* não quero viver sem sexo e isso tem a ver com a outra coisa sobre a qual a gente precisa conversar, mas tudo bem.

Ele lança os braços ao meu redor com tanta força que tombo para trás, e quase caímos do banco. Não consigo evitar; caio no riso.

Então Tom diz:

— Você não acha que eu tô mentindo, ou em negação, ou que sou uma aberração?

Não consigo deixar de rir outra vez.

— Não, acho que você só é o Tom — respondo. Ele me aperta, e eu devolvo o abraço, me deliciando com a sensação agradável de ser abraçada por alguém que me ama. — Agora preciso te contar uma coisa.

— Ah, é?

Ele recua.

— Sam está apaixonado por mim.

O rosto de Tom murcha. Ele suspira.

— Eu sei.

— Sabe?

— Já sei disso há um bom tempo. Quando você descobriu?

— Hoje — respondo, e agora sou eu quem respira fundo. — Tom, também estou apaixonada por ele.

— Ah. Você tá?

Ele inclina a cabeça para o lado. Está surpreso. Não está com raiva. Parece preocupado, mas continua segurando minha mão.

— O Sam disse que não quer que a gente termine por causa dele — explico rapidamente. — Falou que quer ficar comigo e continuar sendo seu amigo.

— Bom, então é perfeito — diz Tom.

— O quê? — Aparentemente, é minha vez de ficar confusa.

— Isso é perfeito. Então nós todos podemos ficar juntos.

— Você não acha que é uma ideia estranha?

— É uma ideia estranha. Mas não quer dizer que seja uma ideia ruim.

Dou risada e apoio a cabeça no ombro dele uma última vez, pelo menos por um tempo.

— Vou ter que tirar um tempo pra ajustar a forma como te vejo — digo a ele. — Acho melhor a gente não ser muito carinhoso um com o outro por um tempinho. Preciso conseguir contextualizar a parte física do nosso relacionamento.

Tom aperta minha mão. Depois a solta.

— Eu gosto mesmo de segurar sua mão, de te abraçar — diz ele. — E gosto de te beijar.

Conversamos sobre as coisas de que ele gosta e aquelas que não o empolgam tanto. Ele me pergunta sobre a conversa que tive com Sam. Então me pergunta onde Sam está.

— Em casa, eu acho. Falei pra ele que precisava conversar com você.

— Será que a gente pode ir ver ele? — pede Tom. — A gente precisa de uma reunião da banda. Tem um favor que eu quero pedir pra vocês. Sobre uma apresentação dos formandos na minha escola.

Sam

— Você inscreveu a gente pra participar de uma atividade da sua escola? — perguntei. Estávamos todos sentados em círculo no chão da garagem. Ramona estava segurando minha mão, o que contribuiu para a atmosfera onírica da conversa. Estávamos todos sentados juntos, e tudo estava diferente, e tudo estava igual. — Você quer que a Vandalized by Glitter participe do show de talentos dos formandos da sua escola?

— Isso — respondeu Tom. — Não é do meu feitio ir embora sem deixar uma marca. Quero mostrar nossa música.

— Acho que a Vandalized by Glitter precisa mesmo de um show de treino — falou Ramona. Ela não estava segurando a mão de Tom, mas, algum dia, estaria segurando a mão dele também, e eu não me importaria, porque ela continuaria segurando a minha.

— É, quer dizer, não precisa ser nada de mais — esclareceu Tom.

Eu ri, considerando o contexto da nossa situação.

— Então! — Ramona deu um pulo, ainda segurando minha mão, puxando meu braço para cima com ela. Ah, como eu a amo. — A gente precisa terminar de mixar o álbum. Assim podemos deixá-lo disponível pra download no site, caso alguns dos seus colegas gostem mesmo da nossa música. E aí a gente precisa escolher... Quanto tempo você disse que nosso set podia ter? Quinze minutos? Então a gente precisa escolher umas duas músicas e praticar bastante, pra que talvez algumas pessoas possam gostar mesmo da nossa música!

Tom já tinha se levantado. Eu me ergui com uma mão, relutante a soltar Ramona. (Ainda não a tinha beijado, mas percebi que faria isso em breve. Que a levaria para casa naquela noite...)

— Beleza, melhor a gente pôr a mão na massa — falei. — Amanhã tem aula, não posso ficar acordado até muito tarde.

Tom

— Preciso falar com vocês sobre uma coisa — digo aos meus pais.

É hora do jantar. É o momento em que devo conversar com eles sobre minha vida, compartilhar meus sentimentos e coisa do tipo. Meus pais e eu passamos a maior parte de minha adolescência em uma batalha sobre a minha relutância em lhes contar qualquer coisa sobre mim mesmo. Fico esperando que se sintam extasiados com minhas palavras. Pensei que esta conversa começaria com a satisfação deles ao me ver incluí-los em minha vida.

Em vez disso, eles parecem assustados. E desconfiados. Não há nada que eu possa fazer a não ser seguir adiante.

— Essa é uma daquelas ocasiões em que eu vou pedir pra vocês não falarem nada até eu terminar, tá bom? — Isso não melhora muito a postura dos dois, mas, de novo, tudo o que posso fazer é continuar. — Não quero ir pra Artibus. Sei que foi um lugar ótimo pro Jack, mas não acho que seja o lugar certo pra mim. Sei que vocês só querem o que é melhor pra mim, então quero dizer o que eu acho que isso é.

"Teddy disse que quer me contratar pra valer na Grift Craft, com carteira assinada e tudo. Gosto de trabalhar lá. Sou bom em falar com as pessoas sobre materiais artísticos. Teddy tá planejando abrir um outro negócio com um amigo. Ele vai estar bem ocupado no verão e disse que vai me promover a funcionário de tempo integral no outono.

"Eu não quero fazer carreira no comércio, mas gostaria de trabalhar lá por alguns anos. Vou pagar aluguel, se vocês quiserem. Também vou continuar lendo livros, tentando conhecer os clássicos e as obras importantes de não ficção, e vou estudar música. Vou continuar me educando, juro.

"Vou controlar meus gastos e guardar o máximo de dinheiro que conseguir. Quando sentir que tenho dinheiro suficiente no banco, quero comprar um carro, o mais ecologicamente sustentável com o qual eu ainda consiga viver, e gostaria de viajar pelo continente, ver o máximo que conseguir. Posso viver uma vida modesta, ficar em hostels e comunas. Me deixa terminar, mãe. Posso até ficar em alguns lugares fazendo trabalho temporário. Trabalho manual não vai ser problema.

"Posso fazer o dinheiro render e conseguir viajar por alguns anos, ver o mundo de verdade. E ainda vou ler e assistir a documentários. O que eu estou tentando dizer é que quero traçar meu próprio caminho educacional. Não sei onde vou acabar, no fim das contas, mas a maioria dos universitários também não sabe. E os que têm certeza do que vão fazer talvez estejam errados de qualquer forma.

"Isso é o que eu quero de verdade. Não quero cair nessa de ganhar o máximo de dinheiro possível. Quero ver e vivenciar o máximo possível."

Meus pais me encaram do outro lado da mesa.

— Você. Está planejando. Ser. Sem-teto — diz minha mãe.

A coisa não melhora muito a partir daí.

Em certo momento, grito para meu pai:

— Ninguém usa heroína nas comunas, pai!

Minha mãe retruca:

— Você não tem como saber isso, Tommy!

A conversa só termina horas mais tarde, quando todos admitimos que não vamos chegar a lugar nenhum. A única coisa a fazer é não falar a respeito de meus planos por pelo menos uma semana e depois tentar discutir o assunto com calma, em outro momento.

Não acredito que cheguei a pensar que a conversa poderia acabar bem.

Ramona

Estamos espalhando panfletos ao redor de St. Louis. É uma mensagem para todos os bairros, então vai levar o dia inteiro.

Tom fez o panfleto. É um projeto de arte dele, obviamente. É um papel branco, fino e simples com tinta preta barata; ele enfatizou a simplicidade da coisa. No topo, o texto diz:

CRIANÇA PERDIDA

Debaixo disso há a foto de um bebê. Espero que ele tenha sobrevivido. Depois,

VOCÊ JÁ PENSOU SOBRE A FOME NO MUNDO?

e um link para um site que ele fez, com estatísticas sobre regiões com subnutrição crônica, e que redireciona os visitantes para instituições de caridade que fornecem comida e organizações sem fins lucrativos que oferecem caminhos para a sustentabilidade.

Não é muita coisa, mas, como Tom disse, talvez algumas pessoas se interessem, talvez algumas doações sejam feitas. Já é alguma coisa.

Estou carregando os panfletos. Sam está com o grampeador para postes telefônicos, e Tom está com a fita adesiva transparente para os postes de luz. Já afixamos vinte e três panfletos até agora. Faltam vinte e sete.

Sam não para de olhar para mim com uma expressão terna e deslumbrada no rosto. Como se de repente estivesse se lembrando de que estamos juntos. Não sabia que eu era capaz de me sentir tão feliz. Queria que todo mundo pudesse se sentir assim. Queria que todo mundo pudesse ser tão amado quanto eu.

— Aqui — diz Tom. — Bem do lado do cartaz de Cachorro Perdido. A ideia é que os dois quase se misturem, para que, quando as pessoas olharem, levem um susto. Queremos que as pessoas reajam de um jeito emocional à imagem antes de o cérebro lhes dizer que não é problema delas.

Tom continua o mesmo de sempre, mas talvez mais relaxado, mais como nos primeiros dias de nossa amizade. Até fico triste de não poder ter as coisas que imaginei que teria com ele, mas me apaixonei por ele por causa de sua personalidade não convencional e não posso julgá-lo por isso agora. Vou me adaptar e, quando ele me tocar, meu corpo vai entender sua atenção. Ele ainda vai me abraçar e me beijar e me chamar de "minha jovem". Assim que eu disser que estou pronta.

Se ele tivesse me exigido monogamia,
eu não poderia ter continuado.
Se bem que, se alguém me perguntasse antes,
eu teria exigido monogamia.
Mas agora aqui estamos nós.
Tenho Sam, meu Sam, que sempre foi meu Sam.
E Tom. Tenho Tom.
O estranho e lindo Tom.
Estamos pendurando panfletos juntos;
eles olham um para o outro e dão risada.
Estamos pendurando panfletos porque temos esperança.
Temos esperança no futuro do mundo, esperança em nosso futuro.
O que há de errado em ter Esperança? O que há de errado em ter Amor?

Sam

Minha namorada está tocando bateria.

Minha namorada? Ela é uma excelente baterista. A melhor baterista, na verdade. Ela toca como um demônio, como um maníaco no ritmo. Ela batuca como um tufão. Ela batuca como uma rainha.

Tenho um puta orgulho dela, orgulho de ser namorado dela. É, sou o namorado dela. Isso é um fato. Já a beijei e cheirei atrás de sua orelha. Ela. Ramona. Minha namorada.

Dedilho a cítara e a observo manter nosso tempo. Tom está produzindo efeitos no teclado. Do kaossilator vem o som de um gongo de elfos da floresta em uma festa dançante.

Vamos tocar no show de talentos dos formandos da escola de Tom daqui a duas semanas. Vai ser a primeira performance pública da Vandalized by Glitter, nossa última como alunos do ensino médio. Algumas casas de show em St. Louis permitem que músicos menores de idade se apresentem. Tom vai conversar com Teddy sobre ajudar com alguns contatos locais nesse ramo. Em julho, todos nós já teremos 18 anos e podemos conseguir pelo menos um show antes de Ramona se mudar para o dormitório da Artibus. Depois disso, ela vai voltar para St. Louis em alguns fins de semana para os shows e procurar um lugar perto da faculdade onde a gente possa se apresentar, para quando formos visitá-la.

Tom diz que vai partir em alguns anos. Legalmente, os pais dele não podem forçá-lo a fazer faculdade, e não é como se pudessem expulsá-lo ou puni-lo por planejar ser um sem-teto. As negociações estão em processo.

Os planos dele são algo que eu jamais escolheria, mas fico feliz por Tom, por ele saber o que quer. Estou ansioso para ler com Ramona os e-mails dele. Vamos ligar, fazer chamadas de vídeo, trocar mensagens e visitá-lo.

Minha namorada para de tocar a bateria. Enxuga o suor da testa.

Amo vê-la tocar. Ela é uma musicista talentosa, e os seios dela fazem coisas incríveis quando ela está tocando.

— Somos incríveis — diz ela. — Precisamos ensaiar a música outra vez.

Tom

―――

DE VOLTA À MESA DA COZINHA.

Foi aqui que meus pais se sentaram e conversaram com meu irmão Matt depois que ele engravidou a então namorada, agora esposa, sem planejar, pela primeira vez. Agora passamos o Natal na casa deles com os quatro filhos. Uma foto do casamento organizado às pressas decora a parede. Todos estão felizes, e ninguém lembra que a existência de meu sobrinho Cody começou de um jeito tão tumultuado. Também não me lembro. Tinha apenas 2 anos na época, mas ouvi as histórias, e todos sabem que é à mesa da cozinha que vamos para ter Conversas Sérias.

Foi também aqui que meu irmão preferido, Steven, contou aos meus pais que era gay. Aquela conversa foi esquisita. Espero que, no futuro, os filhos possam simplesmente levar quem quer que estejam namorando para casa sem precisar fazer algum tipo de anúncio. Já temos conversas constrangedoras sobre a puberdade o suficiente com nossos pais. Acrescentar uma conversa de "Então, eu só gosto de pessoas com esse tipo de genitália" é cruel.

Meu outro irmão, Jack, se sentou com meus pais aqui quando disse a eles que queria estudar arte na Faculdade Artibus. Eles sempre frisaram que uma carreira prática era a única opção que apoiariam. Jack os convenceu de que só seria feliz trabalhando com arte. Ele foi para a Artibus. Agora é designer gráfico e parece bem feliz.

Era isso o que meus pais estavam esperando de mim. Disse a eles que queria estudar arte e música. Eles disseram: "Tudo bem. Pode ir para a Artibus, como seu irmão". Então eles me mandaram para a audição, me lembraram de enviar a ficha de inscrição e me imaginaram em uma espécie de emprego como o de Jack.

Pensaram que tinham evitado esta conversa. Esta mesa.

———————

— Você não sabe o que vai querer no futuro — insiste minha mãe.

— Ninguém sabe — rebato. — E se eu quiser ir pra faculdade no futuro, aí eu vou.

— Não entendo por que você não pode ir pra Artibus — diz minha mãe mais tarde.

— Você entende por que eu não posso ir pro exército? Ou pra um seminário? — pergunto. — Não é o certo pra mim.

— Todo mundo tem que trabalhar, Tom — argumenta meu pai.

— Eu vou trabalhar — falo outra vez. — Vou trabalhar duro. E me educar. E levar uma vida modesta. Ouçam meu plano de novo.

Eles criticam o plano. Eu faço ajustes.

A noite avança. Ainda estamos à mesa.

No fim das contas, é um impasse. Concordo em fazer uma matéria por vez na faculdade comunitária enquanto trabalho na Grift Craft. Definimos um aluguel. Eles me dizem que, se eu decidir ir para a faculdade em tempo integral e trabalhar meio período, o aluguel será suspenso. Eu agradeço a eles e consigo não declarar que essa oferta é desnecessária. Prometo que, quando estiver viajando, vou ligar, mandar e-mails, manter uma conta no banco e os hábitos de higiene em dia. Minha mãe franze os lábios.

Sei que eles esperam que minhas prioridades mudem depois de eu conhecer uma garota legal. Ou um garoto. Mas não vou. Já os conheci e vamos manter contato quando eu viajar.

Sei que meus próximos dois anos vão ser cheios de pesquisa sobre veículos, hostels, comunas e couchsurfing.

Está tarde. Empurramos nossas cadeiras. Minha mãe me abraça, meu pai suspira e me dá um tapinha nas costas. Eles me amam, ainda que não me entendam, e a conversa terminou bem o bastante para todos nós.

Ramona

— Realmente não tenho palavras para descrever o quão lindamente você tocou hoje — elogia meu pai. — Todo dia eu penso "queria que a sua mãe pudesse te ver", mas hoje…

Estamos correndo em direção ao Arco na via expressa. O solstício de verão é daqui a seis semanas; o sol está começando a se pôr, as luzes começando a brilhar. A noite está chegando. Meu pai pigarreia.

— Hoje foi como se sua mãe estivesse aqui — completa ele.

Hoje foi a Exibição Sinfônica da Saint Joseph. Estou usando maquiagem de verdade — e o colar de pérolas que minha mãe usava quando estava em turnê pela Europa. No colo, tenho três buquês de rosas.

Vermelhas de Sam. Amarelas de Tom.

Alaranjadas de ambos.

Peguei uma alaranjada e encontrei
Emmalyn no saguão.
Entreguei a rosa para ela.
Falei: — Eu estava sempre tentando ser eu mesma.
Sinto muito por a gente não ter se dado bem.
Ela disse: — Desculpa eu ter falado de você em voz alta
daquele jeito.
Você tem razão. Aquilo era imaturo.
Agora não vamos ter que odiar uma à outra na formatura.

— Obrigada, pai — falo.

Antes disso, ele nunca tinha dito que todo dia desejava que minha mãe pudesse me ver. Ele não a menciona com muita frequência — quase nunca, na verdade —, mas toquei Bach esta noite, e Bach era o compositor preferido dela.

— Estou orgulhoso. Você trabalhou duro.

— Música é a segunda coisa mais importante — respondo. Era uma coisa que minha mãe sempre dizia. Paramos de dizer isso em voz alta, mas penso nessas palavras o tempo todo.

A coisa mais importante é o amor.

— Isso é verdade — diz meu pai, em voz baixa outra vez. Depois de uma pausa, ele acrescenta: — Se bem que, para mim, são os romances. Romances são a segunda coisa mais importante.

— Ah. Claro. — Não sei por que estou surpresa. Meu pai não é um músico e não é um daqueles professores de ensino médio que não conseguiram fazer o que queriam fazer. Ele é muito dedicado a ensinar adolescentes a apreciar Jane Austen. — Isso é muito específico. Não livros ou literatura, mas romances.

— Eu me importo com todos os livros. Tenho afeto por toda a literatura. Mas os romances são o coração do meu trabalho. São o motivo de eu ter escolhido essa carreira.

Essa parece mais com a versão normal de meu pai. Divagações sobre romances são bem mais comuns do que conversas sobre o tempo.

— Pra mim, é só música — comento, sentindo como se estivesse dando um passo ousado. — Não o piano especificamente. A música que eu faço com a Vandalized by Glitter também é muito importante pra mim.

— Sim, mas lembre-se de que não existe uma carreira para você nessa banda. — Ele gira o volante, e saímos da via expressa em direção a nosso destino. — Você toca piano desde os 4 anos. Foi preparada para isso. Mantive todas as conexões de sua mãe. A música é uma área competitiva, e você tem uma vantagem no piano.

— Vou me especializar em percussão no conservatório da Artibus — confesso. — Ainda vou estudar com o mestre de piano de lá, mas também vou conhecer mestres de xilofone e marimba e fazer composições com claves e congas...

— Eu... — Ele balança a cabeça, ainda olhando para a rua. Estamos quase em casa. — Não acho que seja uma boa ideia, Moany. Você precisa direcionar seu foco para o instrumento que pode proporcionar uma carreira, causar uma boa impressão nos mestres que podem ajudá-la. Uma especialização em percussão soa divertido, mas não é prático para você.

— Pai, eu vou... eu vou mesmo fazer isso. Sei que aumenta o fator de risco da carreira, mas é a minha vocação. Minha mãe tinha vocação para o piano. Pra mim, a coisa é um pouco diferente. Eu amo o piano e amo a bateria.

(Eu amo Sam e amo Tom.)

Meu pai dirige. Chegamos em casa. Ele não desliga o motor.

— É assustador para todos os pais quando o filho sai do ninho. Tudo o que quero é sentir que você está segura. Mas acho que nunca vou me sentir dessa forma. Eu e sua mãe costumávamos acordar no meio da noite morrendo de medo de que algo ruim tivesse acontecido, mas lá estava você, dormindo na sua cama, sã e salva. Se eu tiver dificuldade para acreditar que você está bem, dormindo tranquila na própria cama...

Ele pigarreia outra vez.

— Vou ficar bem, não importa o que aconteça, pai — asseguro. — Minha vida tem amor. E música. Vou achar meu caminho.

— Sua mãe também era teimosa — comenta ele, chorando um pouquinho.

Eu me permito chorar também, para que ele não se sinta sozinho. Além disso, ele vai ter que me confortar e vai se esquecer de sentir vergonha por chorar na frente da filha, o que deveria ser uma coisa totalmente aceitável, mas os homens são estranhos.

Enfim.

O amor é a coisa mais importante, mesmo quando você e seu pai estão se sentindo meio bobos, chorando em um carro com o motor ainda ligado.

Sam

— E a Ramona vai começar a ser carinhosa com o Tom de novo depois de algumas semanas? — perguntou minha mãe.

Ela estava preparando um Baked Alaska. Essa fase das sobremesas gourmet até que está durando, assim como a ioga. Minha mãe também está começando a falar bem mais sobre o meio ambiente. Talvez ela vá a um protesto neste fim de semana.

— É — falei. — Não ligo. Ela vai continuar sendo minha namorada. Só tô te contando isso pra você não pensar que a Ramona tá me traindo caso veja alguma coisa.

— Isso é um arranjo muito… maduro. Você tem certeza de que não se importa com isso, Sam?

— Absoluta — respondi. — Eu amo a Ramona. Meu amor não vem com amarras. O Tom faz parte da vida dela. Faz parte da minha vida. Não quero estragar o que eles têm. Só quero ser o namorado dela.

Minha mãe suspirou.

— Já ouvi falar de arranjos mais estranhos — comentou ela. — Acho que vamos ter que esperar e ver como é que vai ser isso.

— Obrigado por ser mente aberta — falei. — Não vou nem falar da Ramona e do Tom pro meu pai.

Ela suspirou outra vez.

— Seu pai tende mesmo a ver a convencionalidade como uma obrigação moral.

— Pois é. Lembra como ele ficou quando eu raspei as pernas por causa do time de natação no oitavo ano?

Minha mãe riu da lembrança, depois fez uma careta.

— Do jeitinho dele, seu pai te ama mui...

— Tá tudo bem, mãe. Eu sei. — Dei de ombros e sorri para ela. — Sei que ele me ama do jeito dele. E acho que já entendi tudo. Meu pai não queria filhos, queria? Ele só sentia que deveria ter um.

A careta de minha mãe aumentou. Parecia que ela estava furiosa com o merengue.

— Ele me disse que queria dois filhos. Um menino e uma menina, como se a gente pudesse controlar isso. Foi no nosso terceiro encontro. Achei que ele estava apressando demais as coisas porque estava muito apaixonado por mim. Depois entendi que eu só era a pessoa que ele encontrou quando decidiu que era hora de se casar. Ele era muito mais velho, e eu estava deslumbrada.

"Falo sério quando digo que ele te ama. Seu pai chorou quando você nasceu, e foi a única vez que eu o vi chorar. Mas ele não sabia o que fazer com você. Não entendia de bebês e não queria aprender. Ficou chocado pelo quanto você interferia na vida adulta dele.

"Acho que, se ele tivesse dado ouvidos à própria intuição, teria percebido que não queria de fato ser pai. Mas você tem razão. Para ele, ter filhos não era uma coisa questionável. É algo que uma pessoa deve fazer."

A camada de merengue estava finalizada. O bolo brilhava, branco e imaculado. Àquela altura, tinha que ir para o freezer.

— Sinto muito — disse minha mãe.

Dei de ombros outra vez.

— Você tem sido uma ótima mãe, então tá tudo bem.

Ela riu e bagunçou meu cabelo, algo que costumava fazer quando eu era criança. Eu me afastei.

— Mãe! Eu tenho 18 anos!

Ela suspirou uma terceira vez, mas agora era um suspiro de felicidade.

— E isso significa que você já está bem crescido?

— Obviamente.

— Crescer não é como escalar uma montanha, sabe? Não tem um ponto final.

— Claro que tem. Talvez você possa argumentar que não sou adulto porque não tenho condições de morar sozinho. Mas eu vou chegar lá.

— Vai, sim. Mas você nunca para de crescer. Pelo menos eu espero que não pare. As pessoas que param de crescer são cruéis com estranhos na internet. São as pessoas que te cortam no trânsito e depois buzinam pra você.

Ela estava limpando a bagunça da cozinha agora, quase que falando consigo mesma.

— São pessoas maldosas porque são infelizes, e são infelizes porque estão empacadas. Estão empacadas porque se recusam a abrir a mente, a considerar uma mudança no jeito como vivem a vida.

"Você precisa continuar crescendo e mudando, Sammy. Precisa ouvir novas ideias. Tem que ler sobre o outro lado da discussão. A dor faz parte do crescimento e você precisa aprender a se perdoar conforme seus valores vão mudando. Mas, se continuar crescendo, a cada ano vai perceber que está mais confortável consigo mesmo, com a vida que construiu, e isso faz com que ser gentil com os outros seja mais fácil."

Ela estendeu o braço e bagunçou meu cabelo de novo antes que eu pudesse detê-la.

— E eu nunca vou deixar de ser sua mãe, por mais que você cresça.

— Beleza. Sabedoria dispensada, mãe. Vou pro meu quarto. Me chama quando a gente puder comer o bolo.

Ela revirou os olhos e me deixou ir, e me senti sortudo e amado.

Tom

Minha escola não tem um camarim de verdade. É mais um espaço de armazenamento conectado ao palco. A maioria das coisas que ficam guardadas aqui está relacionada a teatro. A maioria. Agora, nós três estamos sentados apertados ao lado de um par de sacos de pancada descartados do ginásio. Ramona está com a caixeta no colo e o tom-tom entre mim (Tom) e ela. Ela ainda está mantendo uma certa distância, e eu entendo. Está de mãos dadas com Sam, mas sorri bastante para mim.

— E depois eu provavelmente vou fazer uma pós — explica Sam. — Quero ir pra uma faculdade que me permita estudar química sustentável, química verde que cria produtos sem impacto ambiental.

"Ando pensando nisso há um bom tempo. Sou muito bom em química e quero fazer do mundo um lugar melhor. Mas a música vai ser sempre parte importante da minha vida. Uma parte do trabalho da minha vida da qual quero lembrar no meu leito de morte. Só não é o único trabalho para o qual sinto que tenho vocação."

Assinto. Ramona aperta a mão dele. Era uma conversa que já devia ter acontecido, mas acho que ele estava hesitante por conta de todas as vezes em que Ramona e eu falamos mal de pessoas que querem seguir carreiras mais tradicionais. Não vou cometer esse erro de novo. Estamos todos tentando encontrar nosso caminho e, sabe, é preciso todo tipo de pessoa para construir um mundo.

Pessoas como Sara.

Vou mandar um e-mail para Sara com alguns links de sites sobre outras pessoas como eu. Vou contar a ela sobre como Ramona, Sam e eu estamos resolvendo a questão. Vou contar a ela que quero que sejamos amigos, que cabe a ela decidir se pode me aceitar ou não.

Com sorte, nós dois vamos ser amigos de novo em breve.

Se não, bem,

paciência.

Ally apareceu ao nosso lado com a prancheta nas mãos.

— Ok, ok, ok, ok — diz ela. — Os equipamentos de vocês estão todos prontos? Vocês precisam arrumar tudo rápido. Nossa agenda tá apertada!

— Ally — falo, ficando de pé. — Você já conheceu minha namorada, Ramona, e o namorado dela, Sam, que também é meu melhor amigo?

Gesticulo para eles. Ramona acena.

— Oi — cumprimenta Ally. — É um prazer conhecer vocês. Agora, foco. Vocês estão prestes a subir no palco.

Ela reitera a importância de uma rápida checagem de som e nos apressa até as coxias. Alguns garotos estão terminando o esquete dos cocos de Monty Python, e o Rei Arthur vem galopando (mais ou menos) em nossa direção.

— Espera só os aplausos terminarem... — orienta Ally. — Ok, vão. Checagem rápida de som!

As luzes estão fortes demais para que eu consiga ver muita coisa além do palco, mas sei que meus pais estão na plateia, além do pai de Ramona e a mãe de Sam. Vamos mostrar nossa música ao mundo esta noite. Claro, já a postamos na internet, mas a internet é praticamente anônima. Esta é nossa primeira apresentação ao vivo, e apresentações ao vivo sempre serão um dos aspectos mais importantes da música.

Nós nos organizamos rápido, como Ally disse que precisávamos fazer. Conecto nossos microfones à mesa de som do professor de audiovisual. Testamos nossos instrumentos. Olhamos uns para os outros.

Encaro a linda e excêntrica Ramona, com o cabelo espetado saindo da cabeça em todas as direções. Ela olha para Sam, o firme e tranquilo Sam, que sorri para ela e depois para mim. Assinto para ele, para ela, e nos viramos para encarar a plateia.

— Somos a Vandalized by Glitter — anuncio. — Ramona Andrews na bateria, Sam Peterson na guitarra, e eu sou Tom "Criador de Caos" Cogsworthy.

Sam dedilha o acorde de abertura, que flutua sobre a multidão. Ramona bate uma baqueta na borda do tom-tom e a outra bem no centro. O tempo acelera; alguma coisa está vindo. Sam nos faz flutuar para longe com a melodia. Não conseguimos manter os pés no chão; precisamos voar. Começo no kaossilator, tocando uma melodia secundária pré-configurada na qual estou improvisando efeitos. A coisa chegou. Está tentando nos puxar para baixo.

Batalhamos contra as forças que nos atacam.
A Vandalized by Glitter sai Vitoriosa e Gloriosa.
Que é o motivo de esse ser o título da música.
Silencio o kaossilator; ao meu lado,
Ramona desacelera na bateria até parar.
Sam dedilha a nota final, e a música termina.
Silêncio.
Uma pessoa começa a aplaudir
Animada enquanto outra pessoa grita
"mas que porra foi essa?"
Se a pessoa diz qualquer outra coisa, ela é abafada por aplausos educados.
A Vandalized by Glitter já está se preparando para a próxima música.
Ramona precisa da caixeta agora; Sam passa a usar seu amado violão.
Eu me viro para encarar a plateia.

— Ei. Alguns de vocês podem não gostar da nossa
música, mas
temos mais uma pra tocar, e
essa música não é para vocês.
Não vamos tocar para vocês.
Vamos tocar para nós mesmos
e qualquer pessoa por aí que possa gostar dela.
Então.
Só sejam legais. Ok, pessoal?
Olho para Ramona e Sam. Sam faz
um sinal de positivo. Ramona pisca.
— Essa música é para nós — digo,
e tocamos nossa música.

Essas (não) são para você: uma playlist

"Story of an Artist", de Daniel Johnston
"King Kunta", de Kendrick Lamar
"New York, 1955", de Rainer Maria
"Dirty Boots", de Sonic Youth
"Time to Pretend", de MGMT
"Bohemian Like You", de The Dandy Warhols
"Ukulele Anthem", de Amanda Palmer

Agradecimentos

Este livro não teria sido concebido sem a ajuda de Leah Hultenschmidt. Obrigada, Leah, por acreditar em mim quando eu mesma não conseguia.

Este livro foi corajosamente acolhido por Annette Pollert-Morgan. Obrigada, Annette, por todo o apoio.

Ali McDonald resgatou meu primeiro romance da pilha de lixo e agora me manda e-mails encorajadores e me trata como uma estrela do rock. Ali, você é vital para minha vida criativa.

Gostaria de agradecer a todas as bandas e todos os músicos que são citados neste livro, só para o caso de eles algum dia se depararem com esta história ou estarem nos vendo do além-túmulo. Obrigada pela música.

Acima de tudo, gostaria de agradecer a todos vocês por lerem este livro. Vocês arrasam.

MINHAS IMPRESSÕES

Início da leitura: ____ /____ /____

Término da leitura: ____ /____ /____

Citação (ou página) favorita:

Personagem favorito: _____

Nota: ☆☆☆☆☆ ♡

O que achei do livro?

Este livro foi impresso pela Vozes, em 2025, para a Editora Pitaya, e agora o editorial está pensando em formar uma banda de rock experimental (mesmo que ninguém saiba tocar um instrumento sequer). O papel do miolo é avena 80g/m², e o da capa é cartão 250g/m².